TopBook
一个人：遇见一本书　饕书客

传奇王后

安茹的玛格丽特

Margaret of Anjou

[美] 雅各布·艾博特 著
Jacob Abbott
王满良 译

陕西新华出版传媒集团
陕西人民出版社

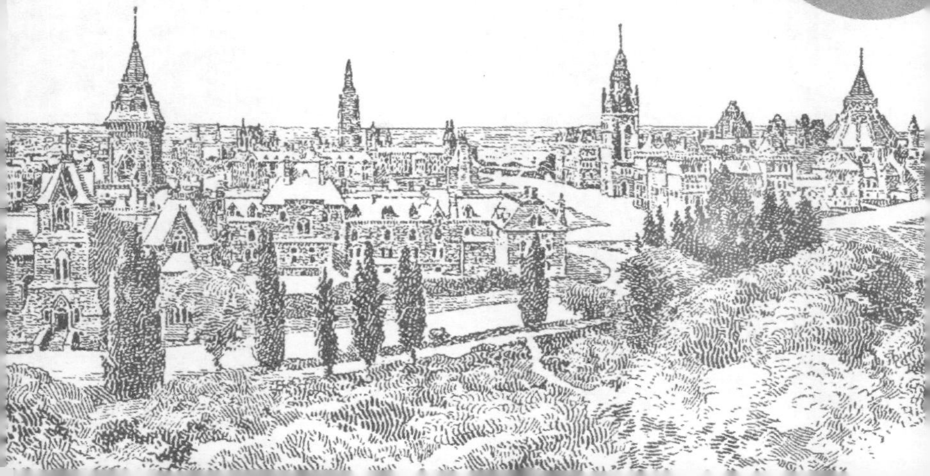

前言

安茹的玛格丽特的故事是英格兰历史的重要组成部分。尽管这个女人来自欧洲大陆，却是英格兰的王后，而英格兰则是她历尽艰难险阻、建立赫赫战功最主要的地方。她生活在狂风暴雨的年代，过着跌宕起伏的生活。她的传奇故事除了激发读者对她非凡的人生和政治变迁产生兴趣，也有助于读者对是非及善恶观念的理解，有助于人们了解骑士时代盛行于英格兰的有关“战争与和平”的行事方式及风俗习惯。

目录

选择玫瑰

第一章
约克家族和兰开斯特家族

玛格丽特是一位女英雄——虽然她并不是言情小说里的女主角，而是冷峻残酷现实中的女王。她一生中身经百战，经历了危险、贫困、苦难和无数次命运波折，其生活跌宕起伏的程度在历史上是寥寥无几的。她生活在一段特殊时期——那时欧洲西部存在着两大骇人的“斗争”。这持续了一百多年的争斗让法国和英国以及所有毗邻国家都长期处于不断的动荡之中。

第一场争端源于英格兰皇室家族派系对于王位继承的争议。两个主要家族派系由约克家族和兰开斯特家族后裔组成。他们之间进行的战争史称“约克王朝与兰开斯特王朝之战”。战争一直持续了好几代。安茹的玛格丽特王后正是兰开斯特王朝中最杰出的代表之一，因此她与这场纷争有着千丝万缕的联系。

第二场争端包括了法国和英格兰之间为争夺领土而展开的一系列战争，争夺的是如今法国北部地区的这块领土。

在玛格丽特统治之前，这块领土的大部分属于英格兰，但是历代法国国王一直试图夺回对它的管辖权——当然，英格兰人一直誓死抵抗。因此，在包括玛格丽特时期的一百多年以来，英格兰卷入了两方面战争：对内，是皇室家族派系之间为争夺王位而进行的战争；对外，则是与法国和其他欧洲大陆势力展开的一系列战争，其目的是从他们手中夺回英吉利海峡南岸城镇、城堡及其依附于这些城镇和城堡周围的乡村。

为了让读者能够充分理解玛格丽特的故事，首先有必要对两点进行解释——一是两场战争的性质，二是玛格丽特出现时两场战争的进展情况。

我们先从约克家族和兰开斯特家族之间的内战讲起。

矛盾的起因在于爱德华三世的子女及其后裔。爱德华三世在 14 世纪早期统治着英格兰。他在位时间很长，治下的国家繁荣昌盛。这种繁荣昌盛很大程度上来源于他战胜法国，征服吞并城镇、城堡和乡村地区的所得。在这些战争中老国王爱德华得到了儿子们的协助。他的儿子们年轻好战，时常征战于欧洲大陆并打了许多胜仗。年少的他们很早就开始了戎马生涯，直到壮年乃至中年还在行军打仗——他们的父亲爱德华三世很长寿，并不准备提早把王位让出。

在众多英勇善战的王子中，爱德华和约翰最为杰出。爱德华作为长子自然被封为“威尔士亲王”，但为了与前、后任的威尔士亲王区分开来，历史上人们通常称他为“黑王子”①。

“黑王子”未能活到继承父亲王位的那天，他在欧洲大陆的战役中负伤后回到英格兰，先于他父亲几年逝去。他儿子理查德②成了他的继承人。待老爱德华国王逝世后，年轻的理查德承袭了王位，人称“理查德二世”。

约翰王子是老国王爱德华的第三个儿子，历史上人们通常称他为“冈特的约翰”。“冈特”这个词源于“根特”，是约翰出生地小镇的名字。“冈特”是当时英格兰人所能够发的最接近“根特”的音。在早年征战欧洲大陆时期，爱德华国王常常携家带口，举家出征。因此他好几个孩子都出生在不同的地方，并以他们的出生地命名。

家谱上方是爱德华三世和他的妻子菲利帕。往下一行是国王众子女中的四个儿子③。这四个儿子的后代都在英格兰历史上举足轻重，正是他们挑起了约克家族和兰开斯特家族之间著名的玫瑰战争。

---

① 人们这样称呼他是因为他在战场上身穿黑色铠甲，在众多骑士中十分醒目。

② 是“黑王子”爱德华最小的儿子，其父母长兄先后早于祖父爱德华三世逝世。

③ 爱德华三世还有其他子女，这里只重点介绍与本书有关的几位。

注①:“==”号两边人物有过婚姻关系

注②:图中人名有重复出现的现象，并不是重复错误，而是欧洲中世纪贵族起名的特殊现象。

爱德华三世家谱图

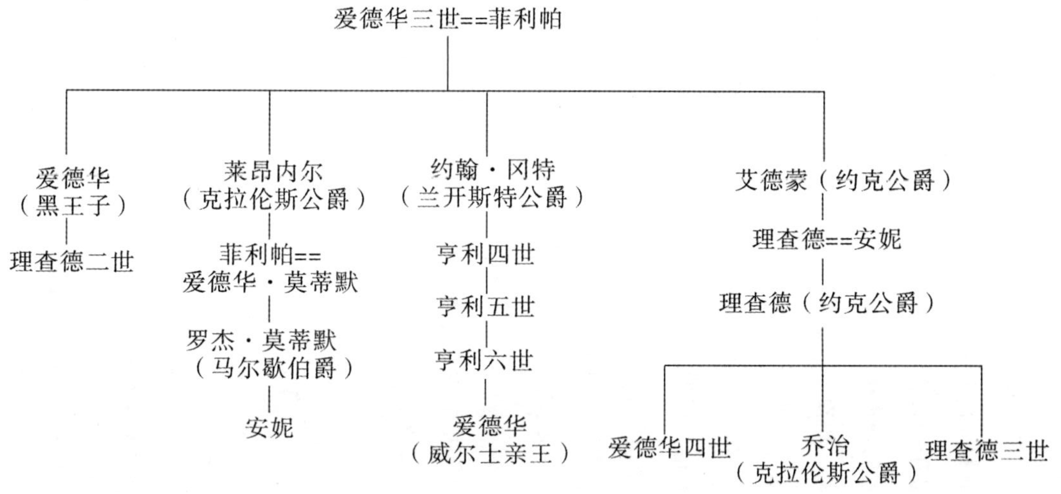

之所以史称“玫瑰战争”，因为红玫瑰和白玫瑰刚好被选为双方各自的徽章①。读者们会发现，在图表列举的兄弟中，兰开斯特公爵和约克公爵分别排行老三和老四。人们通常会认为王位之争本应该发生在大儿子和二儿子的家族当中，但现实情况是大儿子和二儿子以及他们的后代很快被排除在了竞争之外。

因为各种原因，长兄爱德华的那一脉很快就消失了。爱德华本人（即威尔士亲王）在父亲在世时就去世了，“黑王子”爱德华留下儿子理查德二世作为自己的继承人。后来老国王死后，理查德二世继承了王位。作为长子之子，理查德二世的即位无可争议，因此他的叔父们也只能默认。然而叔父们的内心都渴望统治王国。在理查德成年之前，打着理查德的旗号摄政还算令他们心满意足。后来，理查德二世接管了国家的统治权。头些年，他的统治还算相当令人满意，但是到后来，他变得昏庸无度，残暴地鱼肉英格兰人民，用苛捐杂税肆意欺压百姓，招致全国上下对他的不满。这种情绪让他的叔父们有机可乘，伺机密谋从他手中一点点地夺取权力。不出所料，他的叔父们的势力和影响力越来越大，逐渐削弱了他的统治。尽管如此，他的叔父们倒是一直满足于这些现有的落在手中的权力和影响力，并没有试图公开谋反。然而，理查德二世有个堂弟——是个与理查德年纪相仿的年轻人，在接下来我们要讲

① 白玫瑰代表约克家族，红玫瑰代表兰开斯特家族。

到的一系列特殊事件的驱使下，他起义推翻了理查德二世的统治——这个堂弟正是他的约翰叔叔的儿子，名叫亨利·博林布鲁克。家谱中的亨利四世正是指此人，后来在他成为英格兰国王之后，亨利四世便成为其名号。

当时，亨利卷入了与一个贵族的争端当中，这个贵族叫诺福克。那时的贵族们时常结怨，易起争执，并且，他们通常会不顾一切地以战斗解决争端——有时在由侍从组成的队伍之间进行常规战斗，有时通过一次战斗解决争端。战斗中，争端双方会求助万能的神，因为他们相信神会把胜利赐予正义的一方。决斗伴随着典礼与游行，以公开且庄严的方式举行。事实上，这也是当时所实施的公法系统中的一部分。

理查德二世听说了堂弟与诺福克之间的争执，便下令通过决斗来解决这件事。双方须全副武装，在人群的见证下进行决战，由国王来主持典礼。但出其不意的是，在决斗开始的信号发出之前，理查德二世介入并宣称这件事将由他做出裁决——他宣布双方均有罪，并下令流放他们。亨利只能妥协，两人准备离开这个国家。然而，这一事件在英国引起了轰动，它将亨利以一种令人瞩目的方式呈现在了全英格兰人民的面前。亨利同样是王位的直接继承人，与理查德二世相比，极其富有的他也具有巨大的个人影响力。理查德二世愈是厌恶亨利，民众就愈发同情与尊重亨利。当亨利离开国家，踏上前往南部海岸服刑的路途时，人们簇拥在道旁，聚集在他将经过的城镇，似乎他是凯旋的征服者，而不是被流放的阶下囚。

此后不久，亨利四世的父亲兰开斯特公爵逝世。理查德二世并没有允许亨利继承父亲留下的大笔遗产，而是全部没收，理查德以亨利自愿放弃继承为由将这笔遗产据为己有。这一恶行彻底激怒了亨利，于是他决心攻打英格兰，推翻理查德二世的统治，自己称王。

计划迅速实施开来。亨利组建军队，跨越吉利海峡直击英格兰。人们纷纷表明立场，绝大部分人支持亨利。最终，这场革命取得了胜利，理查德遭废黜，亨利夺得王位。兰开斯特家族首次登上王座。

爱德华三世的二儿子去哪儿了呢？为什么在大哥的儿子理查德被罢免时，他仍没有出现与亨利争夺王位？

那是因为莱昂内尔家族并没有男性继承人。排行第二的莱昂内尔的唯一的孩子是一个女儿，叫菲利帕。虽然她有一个儿子罗杰·莫蒂默，但年幼的罗杰无力争夺王位。而且，亨利佯称自己从父系家族角度来看有权继承王位，从母亲家族血缘来看，他有着爱德华三世之前的王室血统，更古老纯正。因为英格兰人民拥戴亨利为王，所以很容易接受他的观点。

亨利四世在位大概13年，然后他的儿子亨利五世继任。在这两任国王统治期间，没有人阻碍兰开斯特家族的王位继承进程。其间，国王和百姓的注意力都放在与法国的战役上，这些战役都取得了胜利。英国攻占了一个又一个省份和城堡，最终几乎占领了整个法国。

这样的形势一直持续到1422年亨利五世去世。他留下年幼的儿子亨利·兰开斯特作为继承人。那时小亨利只有九个月大，他马上被皇家立为英格兰和法兰西的国王，即亨利六世。也正是他成年后娶了安茹的玛格丽特——本书的主人公。在他统治期间，兰开斯特家族的王位继承权首次遭到了质疑。在这场激烈的纷争中，玛格丽特展现了她的英雄气概，因此名声大噪。

对决场面

第二章
玛格丽特时期的生活方式和习俗

玛格丽特（Margaret of Anjou）时期，国王、王公贵族和骑士活跃于英格兰及法国境内。这些人比起大部分人来说生活更富足，身份更高贵，权力也比他们的后人更大，然而他们生活的许多方面仍然十分原始野蛮。他们可阅读的书籍很少，但即使是这些少量的书籍，也因为他们自己教育上的薄弱而根本无法读懂。他们没有条件舒舒服服地旅行，因为那时没有平坦的道路或四轮马车。他们居住在城堡里，这些城堡外表看起来确实非常坚固宏伟，但内部的陈设却奇差无比，舒适度欠佳。当时的工匠精于制作华丽的马衣和锃光瓦亮的昂贵铠甲，建筑师则长于建造在当代堪称奇迹的宏伟教堂。所以，从日常生活的便利这方面来讲，即使是当时最富有、权力最大的贵族也过着相当原始的生活。当时，大多数平民不得不对领主俯首帖耳。很多人沦为奴隶，被迫无偿地为自己的主人辛苦劳作、外出打仗。每一位贵族和骑士都野心勃勃，欲能拥有尽可能多的随从。唯一能限制领主随从数目的是领主的供养能力。在那段时期，招人参战比招人工作要容易得多，一大群人随时愿意跟随任何一个能维持他们生计的指挥官。每一个大贵族都像王子或小国国王那样高居城堡之内。这些大贵族有自己的枢密院官员、财务主管、司法官、治安官、管理员、秘书、传令官、侍从、护卫队和号兵，总之一个君主的宫廷所能拥有的各类朝臣这些大贵族都有。他们还有一整队的吟游诗人、小丑、变戏法的、翻筋斗的、走钢丝的杂技艺人和滑稽剧演员。除此之外，每个大城堡里都有一大群牧师和修道士，这些人在一个装饰华丽的、专门修建的小教堂里专职做礼拜。

可以说整个国家因此分裂成了数目庞杂的行政辖区，每一个辖区内都有一个男爵、伯爵或公爵作为领主，在其辖下郡内的内部管理上享有几乎绝对的统治权，但同时，领主承认国王一方享有一定的整体统治权。在这种情况下，显而易见，贵族们的权力强大到能联合起来随心所欲地拥立或废黜国王。

在玛格丽特时期活跃的大贵族中，权力最大的可能当属沃里克伯爵（Warwick），他的权力大到可以在觊觎王位的竞争者中决定由谁成为国王，因此有了“立王者”的头衔。沃里克伯爵拥有巨额财富，据说他一度可以供养3万随从。

打仗既是这些大贵族们的工作也是他们的消遣。他们极其蔑视所有对艺术和工业的有益追求，认为这是农奴、奴隶才做的事情。这些大贵族的事业就是征战，他们彼此对战或在国王的领导下抗击某个共同的敌人。不征战时，他们会在临近自己城堡的一些开阔场地举办声势浩大的骑士联赛、战争演习和各式各样的“遭遇战”作为自己和自己宫廷人员的娱乐。这些领主位高权重且极其好战，决不受控于普通法院机构所执行的法律——这个年代的确已经有了法院，但法院主要用来管理平民，管理普通人的犯罪——当他们彼此之间有了争执时，并不习惯去法院解决而是采取其他的方式。有时，他们会像在交战时期一样，在常规战斗中调兵遣将，互相征讨，指挥军队去攻打对方的城堡，掠夺村庄和土地。而有时，当国王拥有足够大的权力时，争执双方会受国王传召，在国王、王室人员和大批观众的见证下，通过对决来解决问题。这些对决就是决斗风俗的起源。如今，英国法律已经将当事人通过私下对决来解决争端的行为定性为犯罪，人们理所应当地将这种行为视作愚蠢野蛮的做法。然而在当时，争执双方通过决斗来解决争端是一种公认的合法仲裁方式。决斗时要举行一系列仪式，这些仪式甚至比普通法庭流程中规定的仪式还要庄严肃穆。

就像上一章中提到的那样，理查德二世传召了他的堂弟亨利·博林布鲁克（Henry Bolingbroke）和其对手诺福克，下旨让双方以公开且肃穆的方式决斗。然而理查德二世却将这个案子的决定权抓在了自己手里，双方不仅没决斗，而且在决斗前就被定了罪。这是一个特例。在大多数情况下，决斗通常以一生一死且存活一方被宣告无罪而告终。

我们已经从一些古代编年史家的作品中看到过有关决斗的完整而详细的记载。在这儿只描绘其中的一场决斗作为示例：

这场决斗于理查德二世宫殿前方的公共广场上进行，理查德二世、所有重要的王室贵族和一大群其他人员都作为观众列席围观这场决斗，贵族和骑士们都全副武装，大批传令官、护卫和警卫人员被派往现场维持秩序。决斗的时间定于6月的某一天，那天早上阳光明媚，整体上来看，在这个欢乐的日子里，决斗场面就是一场隆重热闹的盛会。

这场决斗发生在理查德二世加冕的三年后。据估计，决斗那天，从周围地区赶来伦敦观看热闹的人数比理查德二世加冕的那天还要多。参与决斗的双方分别是骑士约翰·安内斯利（John Anneslie）和乡绅托马斯·卡特林顿（Thomas Katrington）。安内斯利是原告和挑战方，卡特林顿则是被告。

乡绅卡特林顿帮助英格兰的某个骑士管理着诺曼底的一个城堡。在骑士的遗嘱里写道，该骑士死后，卡特林顿应保护城堡不受法国袭击，直到城堡和其他财产一起被继承。但是卡特林顿没能做到这点——当法国围攻城堡，他投降并失去了城堡。他坚持说他没有足够的力量来保卫它，除了投降别无选择。但是安内斯利称，如果卡特林顿对自己的信仰忠诚，他可能会守卫住城堡；但他收了法国的贿赂而放弃城堡。卡特林顿否认这一说法，安内斯利很生气失去了城堡，要和卡特林顿一决生死来解决这个问题。

显然，用这一方式试图确定卡特林顿是否被收买是很荒谬的。但是，那时在其他国家几年前也发生过这样的事件。一般的证据很难用来证明行贿和受贿的事实，因此就由国王决定。在适宜的情况下采用决斗方式代替审判，并命令双方都要准备好决斗。时间是规定好的，地点位于国王宫殿对面的公共广场，也是固定的。随着决斗日期临近，整个国家方圆数英里的人都激动不已，他们以极高的兴致期待着这场决斗。

决斗的地方是一大片由大量街垒围起来的区域。街垒非常结实，可以用来抵抗拥挤的人潮。高层的座椅居高临下，能全方位看到竞技场。围起来的区域由国王和宫廷贵族使用，其他必要的准备工作也都为他们做好了。到了预定好决斗的时间，国王和贵族到达大场地并入席。除了竞技场和原有的通道，整个广场都已开放，但由士兵控制秩序。

广场上早就挤满了来自周围及其他地区的人。短暂的等待之后，人们看到挑战者安内斯利沿着其中一个通道过来了。他骑的马穿着华丽的马衣，他的几个骑士和乡绅朋友也都全副武装陪他一起出来。他在栏杆处停了下来，下马。这违背了竞技规则——斗士必须骑马入场。按理说，如果一匹马进入竞技场时，它的主人不骑在上面，就会被称为“英格兰高级警员”的特定公职人员没收。但是，安内斯利毫不在意，没有一个人对他这一小小的不雅行为提出抗议和质疑，大家都想尽快看到打斗的开始。安内斯利全副武装，做好了参加决斗的准备。然后，一名传令官吹起小号传唤被告出场——

“托马斯·卡特林顿！托马斯·卡特林顿！”传令官大声地呼喊，“你快些出来，和约翰·安内斯利先生决斗，这已经用书面文字公开要求过你了。”

传令官进行三次这样的传唤。卡特林顿在第三次传唤中现身了。他骑着一匹装饰华丽的战马，袖子的配饰上有刺绣的图案。他由他的朋友们陪着——他们都是决斗的专业助手。

两人一同走进竞技场。现在，每个人的注意力都集中在决斗者身上，这匹马暂时无人看管了。马急于跟着主人，便沿着栏杆来回跑，尽量把头和脖子都伸到栏杆另一侧，试图越过栏杆。结果，它被带走了，高级警员说，他应该将这匹马没收，因为它闯入了决斗场，“至少，我要没收它超过栏杆的部分，也就是它的头和脖子”。

竞技场内参加决斗的两人面对面站着。根据双方达成的协议，事先已经准备好一份书面文件。此时这份文件被拿了出来，其中有一条是对卡特林顿的指控和他对指控的答复。他被指控犯了叛国罪，本国因信任他而让他掌管城堡，但他却为了金钱向敌人背叛自己的国家。为了让聚集的人群尽可能都听到，传令官大声地宣读了这份文件。当传令官读文件时，卡特林顿就对其中一些段落表示抗议。

兰开斯特公爵是这场决斗的主持人，当即制止了卡特林顿的反对，说他已经同意了这份文件，如果现在卡特林顿对此有任何异议并拒绝决斗，他就会被判处叛国罪并立刻拉出去依法处置。

卡特林顿说他已经准备好和他的对手决斗，不仅是因为所读文件中列出的几条罪名，也为了任何其他可能加在他头上的罪名。他十分自信地说他是正义的一方，这将确保他的胜利。

这个奇怪仪式的下一个环节更诡异。双方要向决斗的对手进行庄严的宣誓——他们各自宣誓决斗的原因是真实的，他们不会采用任何巫术或法术来战胜对手取得胜利，同时，他们也没有随身携带任何草药或魔法石，或使用其他任何巫术来获得他们期望的任何优势。

宣誓结束后，是决斗双方的祈祷时间。在这个过程中，他们都表现得很虔诚。

然后决斗正式开始。

决斗者先用矛枪开战，然后用剑，最后近距离使用匕首。安内斯利似乎占据了优势。他成功地解除了卡特林顿一个接一个的武器装备，最后把他摔倒。当卡特林顿倒下时，安内斯利想要压在他身上，用自己沉重盔甲的重量压垮他。但安内斯利因激烈打斗和力量消耗而筋疲力尽，汗水顺着盔甲下的前额流下模糊了他的眼睛，让他无法准确看到卡特林顿的位置。他没有压到卡特林顿的身上，而是倒在了离卡特林顿有些距离的地面上。卡特林顿勉强移动到安内斯利身边，并用自己身体的重量把他压在地上……决斗者这样一直相互钳制着对方在地上躺了几分钟，他们竭力克服着铠甲的累赘、羁绊与对手殊死搏斗。最终，当国王下令终止决斗并让两个人分开时，卡特林顿正占据上风。

几个警卫服从命令，带走了卡特林顿，解救了安内斯利。但是，安内斯利请求他们不要干涉。当这几个人把卡特林顿带走时，安内斯利强烈要求他们把卡特林顿带回来并复归原位，因为他自己一点也没受伤，并且他认为如果人们不干涉他俩，他应该能取得胜利。然而，这些人只听国王的命令并不理会安内斯利的要求，把卡特林顿带走了。

警卫发现卡特林顿筋疲力尽，无法站立。他们把他扶到椅子上，然后取下他的头盔。他们帮他洗脸，给他喝些酒，试图以此来让他恢复体力。就在此时，安内斯利看到卡特林顿被带出场地，而他也得以脱身，被从地上扶了起来。他一站起来就朝着围场内国王的位子走去。他请求国王让决斗继续进行，他声称，只要他们允许这场战斗接着进行下去，自己有十足的把握取得胜利。最终国王和贵族们同意了安内斯利的请求，下令把安内斯利再次放入场中，尽可能按照刚才的位置，将卡特林顿压在他身上。

但当要执行这个命令带回卡特林顿时，人们发现卡特林顿的状况很糟糕——他已经不省人事地从椅子上跌落了下来。他看起来没有受伤，只是在那酷热的天气中，盔甲的重量和在前面的战斗中用力过猛使他精疲力竭。卡特林顿的朋友再一次把他扶起来，解开搭扣脱下他的盔甲。从盔甲的重荷中解脱后，卡特林顿的意识开始恢复。他睁开双眼环顾四周，那茫然又虚弱的眼神引起在场所有旁观者的同情，当然安内斯利除外。安内斯利从国王那里走向坐着的卡特林顿，他带着满腔的怒火和仇恨对卡特林顿肆意讥讽谩骂，称卡特林顿是一个背信弃义的小人，一个无恶不作、满口谎言的恶棍，还嘲弄卡特林顿不敢再次回到场上完成这场决斗。

对于安内斯利的嘲讽卡特林顿一言不发，只是神情激动地环顾四周，仿佛并不知道自己身处何地，也不知道这一切是怎么回事儿。

最终，这场战斗并没有接着进行下去。毋庸置疑，安内斯利是胜利者。而可怜的卡特林顿，由于他的失败，认定之前控告他的叛国罪成立。他的朋友将他带走，让他躺到床上。卡特林顿整晚都神志不清，于次日上午九时死亡。

据古时的历史学家所言，这场战斗是一场娱乐大众并且挫败了卖国贼的英勇决斗。

年轻时的亨利六世

第三章
亨利六世

亨利六世，即后来玛格丽特王后的丈夫，据说在继承他去世的父亲留下的王位时只有九个月大。他继位时，传令官们在伦敦各处敲锣打鼓来宣布这个消息，显然，现在所面临的问题就是谁将在亨利六世孩童时期统治英格兰。最合适的人选自然首先从小国王的叔父们中产生。亨利六世有三位叔父，都是粗鲁不堪、桀骜不驯、处尊居显的大贵族。他们每人身后都拥有一大批听从其命令的家臣和支持者，因此整个国家都在为如今一触即发的大争斗而忧心忡忡。

三人中最年长的是托马斯（Thomas），他是艾克赛特（Exeter）公爵。其次是约翰（John），他是贝德福德（Bedford）公爵。最年轻的是汉弗莱（Humphrey），他是格罗斯特（Gloucester）公爵。

在他们的兄弟亨利五世去世时，托马斯和汉弗莱就在英格兰本土，而约翰在得到这个消息时正身处法兰西，他正在那里如鱼得水地从事着一项能使他成就功名的事业，即保卫并扩大英格兰的疆土。

政府里领头的贵族和官员在亨利五世去世后不久就组成了议会。为了阻止预想中可能会在亨利六世的三个叔叔之间爆发的争斗，议会决定尽可能地将权力平等地分给他们三个。议会任命三位中最没有野心、最不好战的艾克赛特公爵托马斯为小国王的监护人，任命格罗斯特公爵汉弗莱摄政英格兰，任命贝德福德公爵约翰摄政法兰西。对此安排，三位公爵似乎都很满意。

然而这项安排带来的和平并没有持续太长时间。不久，一位名叫亨利·蒲福（Henry Beaufort）的主教被任命与艾克赛特公爵一同负责管理国王的个人事务。这位亨利·蒲福是亨利六世的叔祖父，是约翰·冈特几个儿子当中的一个。亨利·蒲福是幺子，从小被送往教堂，曾任命为温彻斯特的主教，之后又担任红衣主教。他也因此地位尊贵，家产颇丰且大权在握，丝毫不比最高贵的贵族逊色，同时，他又非常精明能干，工于心计。他很快为自己设计出了一个野心勃勃的计划，并通过监护年幼的国王所得到的权力实施了这个计划。亨利·蒲福极为嫉妒格罗斯特公爵的影响力和权力，格罗斯特公爵也同样非常嫉恨亨利·蒲福。此后不久的一件事引起了这两个人和他们的追随者之间公开的正面冲突。导火索就是蒲福控制下的伦敦塔，这里关押着格罗斯特想要释放的一个囚犯。当时，伦敦桥上发生了一场大暴乱，这场暴乱使整个伦敦陷入了巨大的恐慌之中。蒲福声称格罗斯特策划将国王从蒲福的监管下抢走，甚至谋划杀死自己。为了自我防卫，阻止格罗斯特侵入自己居住的宫殿，蒲福控制了通往伦敦桥的通道并且在其周围修筑了防御工事。蒲福修筑路障，拆掉吊闸上的铁链，还组织了庞大的武装力量来保卫要塞。伦敦民众整日担惊受怕，他们日夜值班以保护自己的财产免遭士兵和参战者的哄抢。在这样的形势之下，法院的权力却不够强大，无法控制这场争斗。人们只好派遣代表团去请求身在法兰西的贝德福德公爵马上返回英格兰，寄希望于他能解决这场争端。

贝德福德公爵返回了英格兰，召集了议会，针对双方所争执的问题进行了严肃的审判。格罗斯特公爵对红衣主教蒲福提出一系列严厉的指控，而红衣主教也做出了正式的回复，不仅为自己做了辩护，还回击了格罗斯特公爵。这些文件是由双方雇用的管理本案的律师严格按照技术性细则和形式规范草拟的，材料被递交给了贝德福德公爵和议会。紧随其后的是一系列的辩论，两派人没完没了地互相指责和控诉对方。结果，就跟其他类似的案例一样，争执双方都负有责任。为了解决这场争端，贝德福德公爵对双方进行了调解。最终，双方都宣称对该结果表示满意，至少从表面看似乎达成了和解。作为英格兰摄政王的格罗斯特和作为国王监护人的蒲福各自的权力与特权得以重新划分，和平重回英格兰，贝德福德也返回了法兰西。

争端解决后的很长一段时间里，局势都相当稳定。也就是说，格罗斯特公爵和红衣主教之间没有发生公开的冲突，当然他们对彼此的嫉妒与仇恨仍然在持续。但只要贝德福德公爵还活着，他的影响力就能使敌对双方都受到牵制。然而在小国王大概14岁的时候，贝德福德公爵去世了。他在法国去世，并被安葬在了法国鲁昂——一个在某种程度上称得上他在法国占领地总部的地方。

人们为贝德福德公爵举行了盛大的葬礼并在他的墓前修建了雄伟的纪念碑。就在这座坟墓建好后不久，鲁昂重新回到法国人手中，一些人提议拆除这座缅怀他们宿敌的纪念碑。但法国国王并没有听取他们的提议，而是说："毁掉纪念碑或者是把他的尸骨从地下扒出来对我们会有什么好处呢？我们的先祖曾拥有那么大的权力、那么强的影响力和那么多的朋友，却没能使他后退半步。而贝德福德却用自己的力量、智慧和政策，使他们都无法靠近他。我告诉大家，上帝已经掌管了他的灵魂，至于他的躯体，就让他在所埋葬的地方安息吧。"

当亨利长大到足以加冕成王的年龄时，除了在英格兰举行加冕仪式，还要去法国接受法国王位①。按照法国国王

① 亨利六世是英格兰国王亨利五世和法国国王查理六世的长女瓦卢瓦的凯瑟琳唯一的儿子，身兼两国王室血统，在他的外祖父查理六世去世后，从血缘上他理应继承法国国王王位成为两国国王，但是当时其实法国内部已早有王位继承人的候选人，并不承认亨利的地位，所以此处接受法国王位实际上是英国人单方面的行为。（法国人只有一部分得利者支持亨利，大部分人都不支持）

加冕的惯例，加冕仪式在圣丹尼斯镇（St. Denis）举行。圣丹尼斯位于巴黎郊区，那里有一座古老的王室小教堂，与法国王室相关的盛大宗教典礼仪式都在这座教堂举行。古代编年史家是这样记录这场奇怪的盛会和典礼的：

国王一行人先行进入法国境内，再前往圣丹尼斯。骑士、贵族和士兵走在这支由数万人组成的庞大队伍前列，他们都穿着最华丽的礼服，他们的战马也佩戴着最好的马饰。到达圣丹尼斯后，当地官员会出来迎接国王，他们穿着朱砂红长袍，高举壮丽的横幅。国王到场后要通过三道深红色的心形门，第一道门上有两只白鸽，第二道门上有几只小鸟，国王经过时，小鸟要飞过国王的头顶。第三道门前摆满了紫罗兰和鲜花，会有人把这些花从跟在国王后面的贵族头顶抛过。镇上的文武官员也来到了同一地方，他们高举绚丽的华盖——华盖由蓝丝线制成，做工精美，上面装饰着王室的徽章。当国王进入小镇时，他们要把华盖举过国王的头顶。继续往前走，再跨过一座小桥，就会看到一场露天表演，三个“野蛮人”在“道具”森林里为一个女人打了起来。这三个“野蛮人”一直在打架，直到国王通过。接下来是一处流淌着酒的喷泉，喷泉四周有“美人鱼”在游来游去。来到这里的人都可以免费喝酒。

然后再往前走，王室成员来到了一个巨大而开阔的广场，广场上有一片通过某种方法建成的假森林。国王经过的时候，森林里正上演着一场追逐，是一只活牡鹿被几只狗追赶。这只牡鹿跑到国王的马肚子下避难——国王陛下救了这可怜动物的性命。

这之后，国王便回到了他自己的宫殿。

上述那些预备性的庆典和仪式持续几天后，国王站在教堂中最显眼的一处高台上举行加冕礼。加冕礼之后会在壮丽古老的大厅里举行一场盛大的宴会，国王和上议院成员以及英格兰的重要官员会坐在大理石餐桌前享用丰盛的食物。在所有这些典礼仪式中，温彻斯特的主教亨利·蒲福是仅次于国王的人物。格罗斯特公爵十分嫉妒亨利·蒲福在这些活动中扮演的角色。

格罗斯特公爵和主教间的纷争一直都存在，只是这段时期在一定程度上有所压制，部分是因为贝德福德公爵在世时的影响力牵制，部分是因为格罗斯特公爵的精力大都放在了其他事情尤其是他在法国的战役上。因为在国王未成年的那段时间，他投身于法国的很多军事远征中。然而他最终回到了英格兰，在国王大概 20 岁的时候，他和主教一派的纷争再次爆发。国王当时已长大成人，能够亲自参与解决这样的难题了。双方都向国王上诉。一方面，格罗斯特写了 24 篇文章来控诉主教。另一方面，主教控告格罗斯特公爵叛国，他尤其指控公爵夫人，说她想要通过巫术来谋害国王的性命。公爵夫人因此而受到责难——据说她被迫手举燃烧的细蜡烛，赤足穿过伦敦最热闹的街道，以这样的方式忏悔赎罪。

其他被指控为同犯的人全都被处死。据说这些人所采用的巫术是制作国王的蜡像，然后用特定的咒语通过神奇的方式把蜡像和国王本人联系起来，再用文火逐渐燃烧。通过这样的方式国王会变得萎靡衰弱，最终死去——当时人们普遍认为这是可以实现的。

当然，像上面这些诉讼只会加深双方的怨恨。格罗斯特变得比以往更加坚定地想要实施他的阴谋以削弱主教的影响力，把权力掌握在自己手中。尽管国王更支持红衣主教，但亨利六世如此缄默温和，丝毫没有参与这场争吵的意愿，因而主教也不能够引导国王按他的意愿行事。不过最终他总算想到了一个主意，那就是为国王找一个非常精明能干的王后。他希望通过自己对王后的影响来扩大自己行使的权力。

他精挑细选出来的女士就是安茹的玛格丽特。

玛格丽特母亲的悲痛

第四章

玛格丽特的父母

从前，构成现在法国领土的地方被分为很多单独的省份，几乎每个省份都形成了一个独立的政府或王国。这些省份由贵族、公爵和男爵们所拥有，他们分别掌管各个省份。尽管他们普遍承认自己效忠法国国王或者英格兰国王，但他们一个个就像自己“小国家”真正的国王似的，拥有几乎完全独立的统治权。

当时，靠近北部省份的领土附属于英格兰，而中部和南部的省份由法国统治。那些大家族把这些省份看作自家的财产来管理，都是自己说了算。他们不仅把拥有的领地本身作为私有财产，还把管理居民作为自己的权力——就像其他财产一样，或是按照世袭继承制传给后代，或是根据协议转让给新主人，或是作为嫁妆送给新娘，或是由任性的所有者按照自己的意愿以其他方式来处置。

这些大家族以他们统治的省份作为家族的名称。“安茹”便是这些省份之一。本故事的主人公玛格丽特，其父亲名叫雷内尔（Regnier）或称勒内（René），在当时非常有名，俗称“勒内王”。他是家中幼子，他的家族统治着安茹。也正因为如此，我们的女主人公才会被称作安茹的玛格丽特。

当时处在安茹东侧的是面积庞大，风景优美的洛林。此时的洛林公爵是查尔斯（Charles）。他有一女名唤伊莎贝拉（Isabella）。伊莎贝拉是查尔斯所有财产的继承人。她是位美丽的淑女，十分活泼，且按照当时的标准可以称得上是学识渊博。勒内 14 岁时，便与当时年仅 10 岁的伊莎贝拉订了婚。庆祝他们婚礼的庆典伴以盛大的游行，年轻的新人定居在蓬塔穆松（Pont à Mousson）的王宫，这座巨大的城堡是伊莎贝拉的父亲赠予女儿的新婚礼物。一对新人将一直在这里生活下去，直到伊莎贝拉的父亲去世。

斗转星移，勒内和伊莎贝拉在这座城堡里孕育了好几个孩子。玛格丽特排行老五，她生于 1429 年 3 月 23 日。这个小婴儿一出生便由一位名叫蒂奥芙妮（Theophanie）的家庭护士照料着。蒂奥芙妮是个可靠忠诚的女佣，她照料了伊莎贝拉所有的孩子，全家人都与她十分亲近，因而当她去世时，勒内为她造了一座美丽的雕像，以此纪念她。玛格丽特出生后不久，就在图勒（Toul）大教堂接受了盛大的洗礼，一大批地位尊贵的亲戚前来参加并见证了这场典礼。

当洛林公爵查尔斯去世后，洛林本应由伊莎贝拉和勒内继承，但此时却突然冒出另一个继承人，他并非认为自己比伊莎贝拉更有继承权，但他宣称自己比伊莎贝拉更强大、更能守住这座城市，而伊莎贝拉即使加上她丈夫能给她的所有援助也无法与自己匹敌。这个人就是伊莎贝拉的叔叔，刚过世的查尔斯公爵的弟弟——沃代蒙的安托万（Antoine de Vaudemonte）。在伊莎贝拉的父亲死后，这个叔叔决定由自己来掌管公国，不让其传给真正的继承人伊莎贝拉——由于她是个女人，不受尊重。

“洛林，”他说，“这块封地太过尊贵，价值连城，不能传给家族里的女人。”

于是沃代蒙的安托万召集追随者和侍从，组建军队，向伊莎贝拉宣战。伊莎贝拉使尽浑身解数，号召所有的民众拥护她的统治。勒内掌管了以伊莎贝拉的名义组建起来的军队，前去迎战安托万。而伊莎贝拉自己则带着孩子前往南锡（Nancy）①。这对她而言是最安全的地方，她打算在此处等待战争的结果。

此时的小玛格丽特差不多两岁。

战争在一个叫作比勒涅维尔（Bulgneville）的地方打响，然而幸运女神似乎并没有站在正义的一方。勒内的军队一败涂地，勒内负伤，沦为阶下囚。据说，他未受伤时打起仗来如雄狮一般勇猛，但最后他眉毛上方的额头处受了重伤，鲜血从伤口处流下淌进了眼睛里，模糊了他的视线，使他无法继续战斗。他便被刺伤他的士兵捉住，成为俘虏。这个刺伤并捉住他的士兵是一位骑士的侍从，该骑

① 当时洛林的省会，现在依然如是。

士是安托万的拥护者圣·波尔（St. Pol）伯爵。

此时，伊莎贝拉正与孩子们一起留在南锡，极度焦虑、忐忑不安地等待着这场战斗的结果，因为这个结果将决定她视为珍宝的所有事物的命运。她站在瞭望台的窗口处注视着，怀里抱着年幼的玛格丽特，期待着她丈夫的传令官带来胜利的捷报。但她的心却渐渐凉了，她看到的不是喜悦凯旋的报信者，而是一群溃败归来的残兵败将，他们气喘吁吁，带着满身的泥土与鲜血，突然出现在伊莎贝拉的视野里，他们恐惧悲痛的表情昭示着失败的结局。伊莎贝拉见此情景被彻底击垮了。她紧紧抱住小玛格丽特，语调里充满着难以描述的痛苦，大声惊呼道："我的丈夫死了！我的丈夫死了！"有人来到她的面前，让她放心，说她的丈夫目前很安全，只是受了点伤，成了俘虏。她的忧虑和痛苦这才稍微减轻了一点。

南锡的所有民众对伊莎贝拉所遭受的痛苦报以深切的同情。她是那么年轻，那么美丽。她的孩子们也都那么漂亮，其中玛格丽特尤甚，这些极大地增加了人民对她的怜悯。伊莎贝拉的母亲强烈主张再度举兵与安托万较量。但比起收复领地主权，伊莎贝拉目前更为担心丈夫的安危，她想要寻求和解。因此伊莎贝拉送信给她的叔叔，希望能与他见一面，安托万答应了她的请求。

在会面时，伊莎贝拉恳请她的叔叔与她重归于好并送还她的丈夫。安托万称他无权释放勒内，因为他已经把勒内交由勃艮第（Burgundy）公爵看管，勃艮第公爵是他在战争中的盟友，已将勒内带至他在第戎的城堡，并关押在此处。如今若不支付赎金，勃艮第公爵很难同意放勒内回去。安托万说，他愿意同伊莎贝拉休战六个月，宽限她一些时日，让她做些准备。

经过漫长的协商，和平条约得以拟定。勒内须向勃艮第公爵支付一大笔赎金，同时，当他筹备赎金之时，须将他的两个儿子作为人质交给勃艮第公爵，以此作为担保。而作为和平条约的另一个条件，安托万要求将勒内和伊莎贝拉的长女——时年九岁的约兰特（Yolante）许配给他的儿子弗雷德里克（Frederick），以便在下一代化解双方关于领土继承权的冲突；另外，为保证这一条约的履行，约兰特须立即送交给安托万的妻子，即约兰特未来的婆婆进行看管和照料。这样一来，除玛格丽特外，伊莎贝拉的所有孩子都将被从她身边夺走。而玛格丽特虽然暂时与她的母亲待在一起，但她也没有逃过卷入这个条约的命运。安托万要求，玛格丽特必须许配给他的同盟。之后，仿佛是为了最大限度地使勒内和伊莎贝拉感到痛苦和耻辱，挑选为玛格丽特未来丈夫的人选是圣·波尔伯爵——正是他的侍从在比勒涅维尔战场上砍伤并俘虏了勒内。

尽管条件非常苛刻，但伊莎贝拉还是同意了，因为只有这样做，她的丈夫才有获释的希望。但这种希望最终还是飘忽不定的。勒内发现，无论费多大的力气，他还是无法筹足公爵所要求的赎金。他已经将儿子们作为人质交给了公爵，为了救回他的儿子们，他不得不回到监狱，面临第二次监禁。他和妻子及孩子们的分别场景是令人心碎的。尽管小玛格丽特当时还很懵懂，但她在大家悲伤情绪的影响下也感到难过，当父亲离开时，她哭得很伤心。

公爵将勒内关在第戎一座城堡高塔的阁楼上，一关就是好几年。勒内的一个儿子也和他囚禁在一起，另一个后来被释放了。在这个时候，玛格丽特和母亲在一起。她是个既漂亮又聪明的孩子，所有认识她的人都很喜欢她。她的美丽唤起了别人对她的兴趣，而人们对她父亲的不幸遭遇以及她母亲经受的孤独和苦难也感到非常同情，这也使她更加引人注目。在同一时期，被囚禁在第戎城堡的一座高塔中的勒内尽可能地使自己安于现状，他花大量时间去从事多种平静又独具匠心的事情。尽管在与安托万的战斗中他表现得非常勇猛，但事实上，他根本不是一个好战之人。他非常喜欢音乐、诗歌和绘画。在监禁期间，他通过创作漂亮的袖珍模型和玻璃画来打发时光。有些画现在仍摆放在第戎教堂的橱窗里供来者参观。

前面已经讲过玛格丽特父亲的称号是“勒内王”。现在我们来解释一下这一头衔的来历。勒内有一位兄长。这个兄长继承了王位，和妻子乔安娜（Joanna）成为两西西里王国的国王和王后。两西西里王国是由西西里岛和那不勒斯接壤的大陆上的领土构成的。他的哥哥在弥留之际指定勒内作为继承人。这件事情发生在 1436 年，当时，勒内仍被囚禁在第戎的城堡里，他当然没办法去继承王位。但是伊莎贝拉立即接受了她作为两西西里国王后的头衔并且开始着手准备前往意大利接管王国。

在完善计划的过程中，她在塔拉斯康罗纳河河畔的城堡里住了一段时间。她的两个孩子路易斯和玛格丽特与她在一起，另一个儿子则同父亲在第戎，而大女儿约兰特已经被迫放弃了——正如之前说过的那样，在安托万妻子的监护下，约兰特长大后就要嫁给安托万的儿子了。

孩子们在塔拉斯康引起了极大的关注。他们的母亲伊莎贝拉出身高贵，她的家族与法国皇室有着密切的关系。孩子们都很聪明、漂亮，他们父兄的不幸遭遇及残酷的囚禁岁月，早已众所周知。所以附近农民带着家人纷纷来到城堡周围看望孩子们。他们给孩子们带来了花环和其他的还愿祭品，他们在晚上的时候为孩子们唱小夜曲，围着城堡筑起篝火，驱除瘟疫可能造成的感染①。还有一些老妇人，她们和其他农民一起来到塔拉斯康城堡的城墙周围去看孩子们，却被认定是女巫。后来，瘟疫在塔拉斯康爆发了，玛格丽特的母亲不得不带着孩子们离开那里。然而，那些可怜的妇女却被抓住并烧死在火刑柱上，因为人们普遍认为是她们带来了瘟疫。

在伊莎贝拉把一切安排妥当后，她和孩子们一起去了意大利并住在了卡普瓦镇。勒内仍然被囚禁着，但伊莎贝拉举行了盛大的游巡，并宣称勒内成为两西西里国的国王。

---

① 那场瘟疫当时蔓延在这个国家的一些地区，并且引起了大规模的恐慌。

在这个仪式上，玛格丽特和她的兄弟陪在母亲身边，坐在一辆铺着天鹅绒并镶着金边的豪华马车里。他们用这种方式穿过了城市的街道。

过了一段时间，勒内被从监禁中放了出来。但是这一重获的荣华他未能享受多久。他对那不勒斯王国的主张受到了质疑。在一次冲突之后，他被驱逐出境。在那一时期，英格兰已经将领土扩张到了法国，勒内的家乡安茹和伊莎贝拉在洛林继承的财产都落入了他们的手中。就这样，尽管勒内一家人拥有贵族后裔的荣耀和高贵的皇室称号，却没有了房子，没有了家园。他们回到了法国，伊莎贝拉带着孩子们寻找一个又一个和她扯得上亲戚关系的人家作为避难所，而勒内则被迫过上了颠沛流离的生活，经常处于极度贫困潦倒的境地。据说，他一度落魄到为了取暖在马赛街头朝阳的建筑物前来回踱步，当时的情况催生了一个大家耳熟能详的谚语——“到勒内王的炉边取暖”①。

即使如此，勒内依然以一种非常温和的态度忍受着不幸。无论他在哪里，都能自娱自乐。他喜欢与音乐、诗歌和绘画为伴。他性格开朗，温和善良，因此人们和他在一起时都觉得非常愉快。无论到哪里，他都是一位受欢迎的客人。

以上就是安茹的玛格丽特成长的家庭。

① 指的是出去晒太阳取暖的行为。

迎娶新娘的场面

第五章
皇室求婚

玛格丽特十四五岁的时候，就因她的美貌、才华和言谈举止而出名。她和母亲一起漂泊在洛林及法国其他地方的不同家庭里暂住，所有认识她的人都对她着迷。在她童年时期订下的与圣·波尔伯爵的婚约已经解除。如今，来向她求婚的人络绎不绝，但都被她的母亲一一拒绝。伊莎贝拉为她有这样的女儿感到非常自豪，她对玛格丽特未来的归宿抱有很高的期望，因此，她一点也不愿意为女儿的婚姻匆忙做出安排。

与此同时，在英格兰，亨利国王的叔伯和亲戚之间长期以来存在的不和，此时已经达到了高潮。两个敌对派系的领导人，一个是温彻斯特主教亨利·蒲福，他在国王未成年时期一直掌管着国王的个人事务；另一个是格罗斯特公爵，他在同一时期摄政英格兰。国王当时大概 24 岁，如果他是一个果敢坚强的人，他也许已经控制住了这些愤怒的争论者，并通过将政府完全掌握在自己手中而使双方

“和平”共处。但亨利是一个怯懦胆小、意志薄弱的人。他处在双方的唇枪舌剑中，面对来自两派党羽的骚乱和过于激烈的冲动，他根本无法招架。事实上对双方来说，目前最大的问题就是应由哪一方出谋划策来实施对国王最大限度的控制。为了实现这一目标，双方很早就开始谋划为国王选一个妻子。双方都知道，无论哪一派的领导人在商讨国王的婚事上取得成功，就绝对能在宫廷中确立自己的影响力。

在那个时代，一定程度上如同现在一样，国王和王子在婚姻大事上，或至少就自主选择伴侣而言，必须去克服一些特别的困难——事实上他们的婚姻都是包办的，如果他们年纪尚轻，不参与或不能参与安排婚姻计划，那他们只能认可。若他们成年后拒绝服从父母或议会安排给他们的婚事，则很可能会招致很大的麻烦或政治纠葛，甚至公开的大战。

如果婚事尚未安排，国王便已成年，那他就可以有一定的自主权为自己安排，亨利六世便是如此，但是他选王后时依旧会感到受限与尴尬。他无法亲自到其他国家的宫廷去挑选心仪的公主，因为在那个时代，任何一个有如此身份地位的人去访问其他国家都是非常不安全的，除非是作为军队领袖且带着军团。对于其他王朝也是如此，国王很难离开自己的国家。因为如果国王不在朝的话，各个派系间经常会因一些政府管理方面的事发生积怨和争端。

基于这些原因，希望自己挑选妻子的国王或王子不得不依据关于妻子候选人性格的传言以及她们的肖像画来做出选择。亨利六世尤其如此。蒲福主教和格罗斯特公爵，都渴望由自己的政党来为国王找到一位新娘。所以对于亨利六世来说，以任何理由离开这个王国的尝试都无疑会使这两个政党立即发生正面冲突。

格罗斯特公爵和那些与他一起行动的人把目光锁定在阿玛格纳克（Armagnac）家族的三位公主身上。他们计划与这个家族展开协商，并获得三位公主的肖像，送往英格兰，以便让亨利从她们三个中选择一位。有专门委任的委员会来管理这项业务，他们负责协商拿到肖像的事宜。蒲福和他的朋友们对阻挠这一计划的成功实施非常感兴趣。当然，在当前阶段表现出任何公开的反对意见时，他们都必须非常谨慎小心。

国王对取得肖像这件事做出了严格的指示，要求尽可能地保证肖像完全如实地还原三位公主。他希望画家不要在作画时刻意美化公主的肖像，公主也不应该为肖像画而穿上异常华美的服装。相反，给她们画像时她们必须“身着简单的外裙，面容就像当面看到的一样，她们的身材、容貌和肤色要如同原本的那样”。这位画家也受到委员们的指示，必须尽快完成肖像并将这些肖像画送到英格兰，以便国王尽快看到她们的“形象”，从而在这三位年轻女士中间做出选择。

尽管格罗斯特公爵对于让国王在阿玛格纳克家族三位公主之间做出选择的计划几乎在每个细节上都是精心设计

的，却未能成功实施。事实上，这些公主的父亲同时还正忙于同法国国王查尔斯七世（Charles Ⅶ）协商自己女儿们的婚姻，所以他希望暂缓与亨利六世的协商，直到他对与法国国王的协商能否得到更好的结果心中有数时。因此，他设法干扰、阻碍画家的工作，以拖延肖像画完成的时间。

正当格罗斯特公爵和他的党羽忙活着实施他们的计划，促使亨利选择这三位公主中的一个做妻子时，蒲福也没有闲着。他听说在安茹有一位叫玛格丽特的姑娘，美丽又多才多艺。经过充分的调查和思考后，他下定决心要让她成为英格兰王后的候选人。

有一个叫尚舍维尔（Shampchevrier）的人，在法国与英格兰之间的战争时期被囚禁在安茹，扣留他的骑士向他索要赎金。然而他并没有被关进监狱，而是获得假释，所以可以在英格兰的大范围内自由活动。他以名誉担保，在支付赎金之前绝不会逃回自己的祖国。

尚舍维尔虽然是个囚犯，但是从出身和受教育程度来看却是一位绅士。在英格兰期间，他跻身于那里的上层社会，经常出入宫廷，且常与国王交谈。在其中一次交谈中，他以热情洋溢的言辞赞美安茹的玛格丽特的美貌与非凡智慧。据说尚舍维尔就是由蒲福引见的，他知道尚舍维尔和玛格丽特相识，所以引荐他给国王，从而让他有机会在国王陛下面前不经意地提及玛格丽特，不至于使国王怀疑他所听到的对于她的褒奖是由他的朝臣们为他制订的婚姻计划所促成的。

蒲福的秘密计划成功了。尚舍维尔描述的形象激起了国王强烈的好奇心。

亨利六世说:“我非常希望看一看这位年轻女士的肖像画。”

“陛下,我可以很容易获得她的肖像画,”尚舍维尔回答说,“如果国王陛下愿意以此目的派我去洛林走一趟的话。”

尚舍维尔认为,国王委托自己去洛林,就会使自己有充分的理由离开英格兰而不受假释条件的限制。

最后,亨利六世给了尚舍维尔离开英格兰的必要权力。尚舍维尔不满足于仅得到口头上的许诺,要求国王给他一个带有亲笔签名的安全通行证。尚舍维尔收到通行证后,离开伦敦,踏上了旅程。当然,这次远行的性质和目的都必须严格保密。有个叫作萨福克(Suffolk)的贵族伯爵在这件事情上得到了国王的信任,国王安排他和尚舍维尔一同执行这一任务,他要跟着尚舍维尔去洛林了,就是玛格丽特和她母亲在当时所居住的地方。在那儿,他要帮助尚舍维尔安排完成画作。他们雇用了法兰西最优秀的画家来完成此任务。一旦画作完成,尚舍维尔就要带着它返回英格兰。同时,俘获尚舍维尔的英格兰骑士不知从哪里听说他的俘虏离开英格兰回到了法兰西,这消息使他十分愤怒。他觉得尚舍维尔违誓脱逃,没有交付赎金就返回了法兰西。在那时看来这种行为是极其不光彩的。因此,骑士决定立刻向法兰西国王上报此事,说明情况,并请求国王重新抓捕逃犯，将其遣回英格兰。因此他去找格罗斯特公爵说明了情况，恳请他恩典写信给法兰西国王，告诉国王尚舍维尔违誓脱逃，请求国王不要庇护他，将其抓捕送回英格兰。格罗斯特之所以很乐意这样做，很可能是因为他知道尚舍维尔是蒲福的一位朋友，或者至少他和蒲福的利益有关联。他怀疑，这次的法兰西之行与某个阴谋或计划有关，通过这一计谋，蒲福和他的派系将得到某些好处，这一切完全是有可能的。因此他写了这封信，并很快呈给法兰西国王。

查尔斯七世收到信件就立刻下令抓捕尚舍维尔。然而，此时那幅画作已经完成。带着画的尚舍维尔正在从洛林返回英格兰的途中。他受到拦截，然后被带到樊尚，需要当面向国王解释此事。

事已至此他不得不讲出整个事情的原委。他说他根本没有违背假释条件打算逃脱，也没有打算以任何方式欺骗在英格兰俘虏了他的人，逃避支付赎金。自己是奉英格兰国王之命来到法兰西的。他也解释了他此行的目的，并给查尔斯七世看了他要带给亨利六世的那幅画。尚舍维尔还拿出了亨利国王给他的安全通行证，证明了他所说的话属实。

查尔斯国王听到这一解释后哈哈大笑，得意于自己如此巧妙地发现了亨利国王风流韵事的秘密。想到亨利国王迷恋上了一位女士，而那位女士和法兰西王室关系甚密，他就很高兴。他认为或许可以借婚姻谈判这一机会，让英格兰在一些条款上做出让步。所以他立刻放了尚舍维尔，建议其尽快前往英格兰，并竭尽所能去说服亨利国王选择玛格丽特做王后。

于是，尚舍维尔返回英格兰并汇报了此次任务的结果。国王对画作非常满意，他立刻决定再次派尚舍维尔秘密前往洛林去见玛格丽特的母亲。但他决定先将尚舍维尔从假释中彻底释放，于是用自己的钱支付了赎金。格罗斯特公爵目睹了这一切，非常恼怒。他发现尚舍维尔一回到英格兰就立刻去了宫廷，并在那儿频繁地与国王和蒲福会面。此外，当了解到国王支付了应付给骑士的赎金，然后尚舍维尔又一次被派遣出去时，他随即就猜测出会发生什么。很快，整个宫廷因为国王向玛格丽特求婚一事一片欢腾。

格罗斯特公爵和他的党派当然会极力反对迎娶玛格丽特，因为他们很清楚，是另一个派系引起了国王对玛格丽特的注意。他们两个派系就这个问题进行了一场长时间的争辩。争辩中，一方有计策，另一方也有对策，道高一尺魔高一丈，尔虞我诈没有尽头。最后，玛格丽特的支持者们获得了胜利。那一年，英格兰和法兰西正式任命 1444 名委员在指定的一天相聚在图尔市，协商两国停战的协定，为永久和平做准备，而亨利六世和玛格丽特的婚事为此奠定了基础。双方决定休战两年，其目的是让两国有足够的时间为两国之间的和平相处以及这桩婚约的条款和条件做出详细的安排。

停战的消息一传到英格兰就引起了很大反响。格罗斯特公爵和那些支持他的人组成了一个强大的政党来反对这桩婚事。他们没有公开反对联姻这件事，因为他们清楚那样做是不明智的。于是他们将反对的矛头指向与法兰西和解这一计划上，他们认为英格兰军队获得的荣耀和英格兰国力取得的进步在当时达到了顶峰，此时建议国王停止军队正在进行的远征事业并因此而牺牲英格兰领地近在咫尺的巨大利益，这对国王的谋士来说是极其耻辱的。

这个问题在宫廷和议会引发的讨论及意见分歧非常激烈，但最后还是蒲福和他的派系取得了胜利。为了商讨两国永久的和平，也为了协商联姻的条款和条件，亨利六世任命萨福克伯爵为特派使节前往法兰西王宫。刚开始，萨福克并不情愿接受此任。他担心，为了达成国王的心愿，他不得不向法兰西做出巨大的让步，但倘若在未来某个时候格罗斯特派系执政的话，他可能要为这一举措承担责任——以牺牲国家利益、损害国家荣誉为代价，建议和协商一种有失尊严的和平，此等大事倘若失败，他或许会以严重叛国罪受审，甚至判刑。无论如何，收到任命后他失去了勇气，请求国王不要让他去执行这样危险的任务。然而，国王并不答应他的请求。最后，他们总算达成了共识，那就是国王向这位伯爵下达书面诏书，以皇权命令他承担大使使命，诏书以正式且庄严的形式颁布，而且要签字并加盖印章。如若他的敌人日后掌权对他进行审讯，萨福克可以用此文件为自己辩护，从而不必为自己的行为承担任何法律责任 。

在协商和平、安排婚礼的条款及条件事宜的过程中，许多困难摆在眼前，其中的一个障碍是由玛格丽特的父亲勒内造成的。他宣布不能答应将女儿嫁给英格兰国王，除非亨利国王先将安茹省归还给他和他的家人，因为安茹是他先辈的领地，但亨利国王的军队攻克并占领了它。萨福克伯爵非常不情愿归还这块土地，他很清楚这在英格兰是最不得人心的事，或者说这很可能让英格兰民众更加反对这桩婚事，从而会给格罗斯特派系的反对呼声增添新的力量和热情，因为这些土地是英勇的英格兰军队用一次次艰难的战役和无数将士的牺牲换来的。但是勒内很固执，萨福克无奈最后还是顶住各方面重压让了步，把安茹归还给了他。

勒内反对的另外一个理由是他没有足够多的财富来给女儿置办与如此庄重的婚事相匹配的嫁妆。他说，他也没有钱让他的女儿风风光光地嫁到英格兰。但亨利国王说有没有嫁妆没什么关系，他只想得到公主的芳心，不需要任何嫁妆，他认为她的个人魅力和天资远远超过了世界上所有的财富，只要她的父王和母后能允许自己娶她为妻，他就绝不会索取他们一分一毫的嫁妆。

亨利国王迫切地希望能尽快协商好婚礼事宜，并尽量满足“勒内王”所提出的任何要求。因为与此同时勃艮第王朝有一位年轻勇敢、英俊潇洒、才华横溢的王子也深爱着玛格丽特，是她的追求者。这位年轻的王子此时身在法国，他随时准备着利用玛格丽特与亨利六世协商婚礼期间可能出现的任何突发状况以提出自己的诉求，说不定会抱得美人归。而玛格丽特也不知道她更青睐这两位追求者中的哪一位。她那时才 15 岁左右，只能完全听命于自己的父母。那时她的家族正处于风雨飘摇之中，为了政治利益，所以基本不会考虑这位年轻女孩的个人喜好。

最后一切就绪，萨福克带着需要经过国王委员会和议会批准的和平条约与婚约返回了英格兰。随之而来的是格罗斯特和蒲福派系之间新的较量。国王当然向蒲福施加了压力，所以和平条约与婚约占了上风。最终这两项合约都得到了批准。萨福克伯爵由于在此事中尽职尽责，被封为侯爵，并被任命为国王的代理人前往法国，以国王的名义按照皇家婚礼的传统习俗迎娶新娘。

萨福克将玛格丽特引见给国王

第六章
婚　礼

为了婚礼的隆重举行并尽快将年轻的王后接到英格兰，人们开展了各种繁复忙碌的准备工作。一位国外的公主要通过这项结婚仪式与本国国王喜结连理，根据当时的习俗，这项仪式是双重的，也就是说要分别举行两场仪式。其中一项仪式是新娘通过代理人的沟通，在她父王的宫廷里与她未来的丈夫结合在一起；另一项仪式是在她来到她未来丈夫的国家后，与她丈夫本人再次举办婚礼。萨福克侯爵正是被任命为这次婚礼的代理人来主持第一项仪式的。他将要前往法国，并以国王之名迎娶新娘，将她带回英格兰。毋庸置疑，所有王室和贵族的成员们都为这个消息感到欢欣鼓舞，他们都想亲眼一睹即将来临的盛大婚礼并加入这次远行的行列之中。他们商讨着各种盛装、用品、礼物以及请柬等事宜，每个人都在为这次长途旅行做准备。最后婚期来临，迎亲队伍浩浩荡荡地出发了。历经多天的行程，队伍到达了洛林的省会城市南锡，也就是举行结婚仪式的地方。几乎就在同时，法兰西的国王和王后在云集而来的法兰西王室的簇拥下也前来参加婚礼。来自周边乡村省份以及城堡的骑士及其家眷都喜气洋洋地排成队列骑着马来到这座小镇，观看这支壮观的队伍，他们都渴望着能够目睹这一仪式，并加入这一盛大的庆典中。欧洲最尊贵的贵族们——不论男士还是女士，都盛装出席。在众人的见证下，这一盛大的婚礼仪式在教堂隆重举行。

这世上简直不可能有比这更宏伟、更欢乐的盛大场面了。仪式结束时，新娘被庄严地交给萨福克夫人来照管——她要为新娘的安全和健康负责，直到新娘到达英格兰见到自己的丈夫。萨福克夫人是蒲福的表亲，所以毫无疑问，她通过这一层关系承担了这一无比尊贵的任务。这项任命也为她带来了可观的经济赞助和影响力，要知道，能够服侍新王后并于其中有利可图是所有英格兰贵族都梦寐以求的。除许多仆人外，萨福克夫人还带领着众多担任服务职位和荣誉职位的人员：5 位男爵和男爵夫人，17 名骑士，65 名侍从以及超过 174 名贴身男仆，这些人都有酬劳可拿。除此之外，许多人都迫切希望能得到新娘身边的一些职位，还有许多人申请了一些名义上的职位，尽管他们并没有任何报酬。

如果勒内——也就是玛格丽特的父亲，有与他的头衔相对应的财富的话，那么所有这些准备的花费或至少是新娘在出发以前所需费用都会由他来支付。但事实上，所有的花销都是由亨利国王支付的，每笔支出的具体金额在某些旧账簿上都有记录。这些旧账簿至今还仍保存在英格兰古老的档案室里。

为了欢庆公主的婚礼，法兰西国内举行比武大会和一些同时进行的庆典活动，这些活动总共持续了八天。在这些比赛中，有许多模拟格斗，一些最尊贵的人物出现在这些格斗中，并起了举足轻重的作用。法兰西国王查尔斯七世的名字也赫然在册。他与新娘的父亲勒内对战，结果被打败——任何人在一场为庆祝自己女儿婚礼而举办的比赛中赢了这位父亲都将是不礼貌的。圣·波尔伯爵曾与玛格丽特订过婚，但未被允许娶她，也在比赛中获胜并赢得了价值连城的“奖品”：由于他强劲的情敌英格兰国王，即将美滋滋地抱得美人归，他只好乖乖地接受他不能得到真正“奖品”，即玛格丽特这一事实，而是获得荣誉而已。在一次隆重的仪式中，当时两位最著名的夫人，也就是法兰西王后和新娘的母后洛林的伊莎贝拉共同授予圣·波尔伯爵这一珍贵“奖品”。

然而，持续八天的庆祝活动却因一件极不寻常的小插曲而一度中断了。这一事件险些造成严重的后果，但最终有惊无险，倒是为庆祝活动增添了不少色彩。这里需要再次提及的是，在勒内被俘虏的那次战役结束后，勒内和伊莎贝拉的叔叔安托万之间达成了一个契约，双方之间又恢复了和平。但按原来条约的要求，不仅玛格丽特必须许配给圣·波尔伯爵，她的姐姐约兰特也要与安托万之子弗雷德里克订婚。然而弗雷德里克似乎并没有像圣·波尔伯爵那样默默就范。到目前为止他还未能成功地与约兰特完婚，为避免像圣·波尔一样落个“竹篮打水一场空”的结局，他便想立刻亲自动手解决此事，于是他筹划了一场私奔。这个计划是趁比赛中的混乱和兴奋抢走约兰特。他召集了一群爱冒险并愿意协助他的年轻骑士，在暗地里小心谨慎地实施着这个计划。弗雷德里克在同伴的协助下，抢到约兰特并骑马飞快地带她逃到了一个安全的地方，打算在那里把约兰特看管起来，直到“勒内王”同意他俩结婚。勒内听到女儿被拐的消息时很是气愤，并声明永远不会原谅弗雷德里克和约兰特。而此时法兰西国王和王后则替这一对恋人求情，勒内最终心软了——约兰特和弗雷德里克结婚了，各家族之间又恢复了和平。之后庆祝活动在更加热烈喜庆的气氛中继续进行。

几天后，热闹的庆祝活动落幕了，该开启去英格兰的旅程了。在此之前，虽然名义上玛格丽特是处在萨福克侯爵和侯爵夫人的照管之下，但是她跟家人和朋友们的交往更为亲密。现在到了她向深爱的亲人以及那些陪伴她长大的伙伴们告别的时刻了，她要开始与一些完全陌生的人打交道，并被他们带到遥远的异国他乡。告别的场面是令人悲伤的，玛格丽特的美貌以及她迷人的性情使她广受喜爱，所以不仅仅是她的家人，还有那些认识她的人，一想到要与她分别，从此天各一方，他们的心中都充满了忧伤。

勒内和伊莎贝拉将护送女儿一段路程，法兰西国王和王后似乎对他们的侄女疼爱有加，于是决定也陪她走一段。当然在他们动身从南锡出发时很多随从也跟着去了，加上众多伺候新娘的上流社会人士和英国贵族，使得这个陪同队列如此庞大，其展示的服饰、马衣、马饰都无比精美豪华，整个队伍显得如此气派。当这个队伍一大早从南锡的一座城堡出发时，人们看到的是这个世界上前所未有的盛大壮观的婚庆队列。

在前进了五六英里的路程后，队列停下来让国王和王后返回。查尔斯七世一次又一次地将玛格丽特拥入怀中并说道："我亲爱的孩子，我没能真正为你做些什么，因为即使这样显赫的皇位都配不上你……"在说话的同时他眼里噙着泪水。王后则因为离别的悲伤难过得说不出话来，她在啜泣和泪水中不断亲吻着玛格丽特。最后，国王与王后转过身去，被搀扶着离开了。

玛格丽特的父母则又陪她走了两天的路程，一直到了洛林的边界巴勒迪克。在这里，父母也不得不与玛格丽特告别了。离别的时刻到来之际，他们的心情特别沉重，他们含泪一次次拥抱自己最宠爱的孩子，哽咽得说不出一句话。

接下来，玛格丽特的一个哥哥和其他一些朋友将陪伴她抵达英格兰。她此时已经与萨福克侯爵和侯爵夫人混熟了，一路上他们尽心照顾和保护她，她与他们非常亲近。侯爵夫妇均年事已高，神态凝重，寡言少语，但他们十分善待玛格丽特，对她照顾有加，无微不至。他们想方设法去减轻玛格丽特因逐渐远离故土而感到的悲伤，并竭尽全力地确保此次护送尽可能地让未来的王后感到舒适愉悦。

在这段时期，一艘从英格兰派遣来的船只一直在法国北部海岸的一个叫作凯德洛（Kiddelaws）的港口等候，时刻准备迎接穿过海峡而来的王后和婚队。从南锡到这个港口路途遥远，那个年代途中可用的物资和设备相当不完善，因此，大量的时间不可避免地耗费在了路上。除此之外，行程也因资金匮乏而延误了很久。亨利国王曾亲口答应报销婚礼的所有费用并支付婚队从法国到英国途中的花销。这可是一笔不小的开支。不巧的是，国王此时正值经济拮据。他努力筹钱，却无法凑齐。他原本想让国会为他拨款资助，却受到格罗斯特公爵及其党羽的万般阻挠，他们竭尽全力不择手段地去阻止国会采取行动为国王筹款以促成婚礼的圆满举行。

在南锡举行了婚礼仪式之后，由于所有这些困难和延误，已经过去了近三个月，玛格丽特这才做好了动身的准备，行将登上那艘停泊在凯德洛等待接她去英格兰的船。

亨利国王不仅仅要承担玛格丽特从法兰西到英格兰行程的费用，玛格丽特来到英格兰时也需要举行一个盛大的接待仪式，这个仪式需要许多高档的马车以及招待设施。另外，如前所述，婚礼仪式还需要在英格兰本土再举办一次，而此次的仪式要比之前的那次更为气派隆重，随之而来的还有加冕仪式以及相应的典礼和庆祝活动。所有这些都需要大量的钱财。在这一切尚未准备就绪之前，玛格丽特是不能来到英格兰的。为了解决当前这种困境，亨利国王做了种种努力去筹措这笔资金。在他看来，给新娘举办一场体面的接待仪式，这样做是有必要的。他不得不抵押大部分的皇室珍宝、刻有家徽的金银家具以及其他类似的个人财产。而这些财产中很大一部分后来再也没有赎回。

最后，当一切准备就绪后，起航的命令终于下达了，一行人登船，穿过英吉利海峡进入朴次茅斯港，最后停靠在一个位于港口的波切斯特小镇。此次航行毫无舒适感可言，船体积很小，而此处的海峡很宽，玛格丽特由于舟车劳顿身体很虚弱。最后当船只抵达港口时，她虚脱得无法站立，只得由萨福克把她抱上了岸。

从由凯德洛上船直到现在，恶劣的气候一直跟随着船队，最后当他们正在波切斯特镇上岸的时候，天气演变成了一场可怕的暴风雨，大雨倾盆，电闪雷鸣。然而，当地热情的民众仍然冒着狂风暴雨，蜂拥前往新娘经过的街道，沿着街道布撒灯芯草，为新娘铺成一条地毯。当队伍经过时，他们高声欢呼，风雨中沿途的气氛充满了喜悦欢腾。王室新娘就这样被护送到了附近的一个女子修道院，第一夜她要在这里休息，以准备继续前行到达伦敦。

第二天，天气转晴。按计划玛格丽特和她的随从们将乘驳船沿着海岸线从波切斯特被护送到南安普敦。这段水路由于被陆地环绕着而风平浪静。船首先驶向朴次茅斯港，然后进入索伦特海。索伦特海位于怀特岛和大陆之间，是一片狭窄而不受风浪侵袭的美丽水域。当驳船进入南安普敦海域时，他们行驶到了距那个小镇八到十英里的地方。

玛格丽特抵达南安普敦后被护送到了附近小镇的一座修道院里暂住，因为那个年代还没有旅馆可住。在这里，国王派来的人前来迎接玛格丽特，他们要为她在宫廷露面做进一步准备。国王这边也做了大量筹备，其中之一是派遣专差去伦敦请一个最好的专门缝制女装的裁缝到南安普敦，给新娘订制合身的服装，使新娘体面地出现在临近的典礼上。与此同时，亨利国王从伦敦赶来，但因为按照皇家礼仪只有举行婚礼仪式第二部分的时候他才可以见王后，所以他下榻在了离南安普敦十到十二英里外的一个叫作索思威克的地方，这里有他的行宫和花园。婚礼将在一个叫李奇菲尔德的修道院举行，它位于玛格丽特入住的南安普敦和亨利国王等候的索思威克的中间地带。尽管国王预计所有的事情都会在几天内完成，但仿佛是好事多磨，婚礼又一次被耽搁了，因为玛格丽特一到南安普敦就患上了类似天花的斑疹伤寒。这使她所有的朋友都非常担心她。还好，这个疾病并没有想象中那么严重，一两周后她就脱离了危险。在玛格丽特患重病期间，由于严苛的王室规矩禁止亨利去看望她，但亨利心里一直忐忑不安，万分焦急。

玛格丽特终于痊愈了，婚礼庆典举行的日子也定下来了。良辰吉日到来时，玛格丽特被隆重地送往大教堂，她光彩照人地走在壮观的骑兵队前列。出席典礼的有众多的贵族贵妇，他们均来自伦敦和温莎堡以及周边乡村的各个城堡。

这是1445年4月的一天。这一天，玛格丽特16岁零1个月。

记录在案的有关这场婚礼中发生的稀奇古怪的事件中，有一个记述了玛格丽特在婚礼上收到了一头狮子作为宠物。这类似于当今新娘收到的一只西班牙猎犬或者金丝雀作为新婚礼物。在那时，富有的贵族在城堡里豢养类似的动物是很常见的事情，它们被圈养在靠近城堡围墙修建的兽舍里。然而，当英格兰国王得到狮子时，会把它们养在伦敦塔里。把野兽养在伦敦塔里由此成为惯例并且延续了很久。

所以，玛格丽特把她的狮子送进了伦敦塔。在记录这场婚礼全程费用的档案中还记载了付给照顾这只狮子并运送它到伦敦塔的两个人的费用，一共是2英镑5先令3便士，相当于我们现在的10—12美元。看上去这项服务的报酬很低，但需要注意的是，那时的货币价值比现在要大得多。

返回皇宫的准备工作早已就绪。婚礼仪式一结束，国王和王后便一起动身前往伦敦。他们很快便发觉这段行程比其他任何时光都热闹、惬意、快乐。关于这个王后的绝代风华以及童年时家族的不幸遭遇，全国民众早有耳闻。他们纷纷前往并簇拥在她要经过的道路两旁，为的是一睹她的芳容，观看伴随她的宏大的骑兵队伍，欣赏贵族们极尽奢华的服饰。每个人都在他们的帽子或扣眼里佩戴了一支雏菊，因为雏菊被玛格丽特选作她的徽标。国王和王后经过的每个城镇都挤满了人，人们聚集在所有他们能到达的地方——街道边、窗户前、房顶上、墙头……。人们吹着喇叭，挥舞着旗帜，持久地呐喊和欢呼着，欢迎王后的到来。

格罗斯特公爵和他的党羽曾一度竭尽所能不遗余力阻挠这桩婚事。现在，他们意识到这桩婚姻已成为既定事实，所有进一步的反对不但是徒劳的，而且还会加速他自己的彻底失败。所以他决定改变他的策略，热心地加入欢迎王后的队列中去。他的新计划是说服王后，使她相信之前他之所以跟亨利对着干，仅仅是因为他不赞成英格兰与法兰西讲和，这纯粹是出于政治考虑而为之，如果不是这些，就亨利和玛格丽特的婚姻本身而言，他是强烈赞成的。所以，如果可能的话，他准备在玛格丽特抵达伦敦时给予她比所有贵族能给予她的都隆重的欢迎仪式。他在格林尼治有一座宫殿，位于泰晤士河畔，离伦敦南郊很近。他邀请玛格丽特在她行程的最后一天来这里好好休息一下，恢复精力，为进入伦敦后应接不暇的交际提前做一些准备。玛格丽特接受了这个邀请，当婚礼队伍接近时，格罗斯特带领一支着装统一、佩戴为他个人服务标志的500人的队伍走上前来迎接她。展示这一庞大的阵容，部分是为了向新娘表示敬意，部分是为了给她一个下马威，使她认清楚格罗斯特公爵在英格兰贵族中的地位和重要性，让她明白与他为敌是没有好果子吃的。

为了在王室新娘穿过伦敦市区时向她表示敬意，人们在伦敦市区做了精心的安排。当时，公众节日期间在大街上表演是一种习俗，人们设计出各种各样生动的舞台造型，有对某个真理或符合当时场合的道德情感的戏剧性演绎，有对圣经故事片段的精彩演出。这些表演大多是由伦敦市民自发组织的，为的是让新娘和婚礼队伍经过街道时看到。有些表演相当离奇有趣。比如，有一个地方摆放了两个人像，一个打扮成正义，另一个扮作和平，这两个人像用绳子绑在一起且可以灵活操纵，为的是在王后经过的合适时间能使他们走到一起并相互亲吻。这是为了表达一个主题——正义与和平已经接吻了。它被赋予恰当地表现和庆祝这场婚姻所带来的英格兰和法兰西之间和平相处的意义。而在另一个地方，正在上演一场代表和平与富庶的象征性盛装游行。在其他地方，还有人在表演诺亚方舟、圣地耶路撒冷等，甚至还有演绎完整的耶稣复活和审判日的故事。

在王后进入伦敦的那天早晨，各个地方的表演都已准备就绪，市长、市参议员和其他政要组成了一支庞大的队伍，沿泰晤士河向格林尼治走去，为的是拜见王后并护送她穿过这座城市。这些官员们骑着马，身着华丽的官服，外面披着深红色官袍，他的随从们按照各自的职业排成不同方阵，戴着红色帽子、穿着袖子上刺绣的蓝色礼服。人们以这种方式将皇室婚队护送过了伦敦桥，穿过了城市的主要街道到达威斯敏斯特大教堂。在那里，王后最终平安地被接到了她丈夫的宫殿。

加冕礼在 5 月 28 日举行。玛格丽特正式被加冕为王后，加冕礼之后，紧接着是持续三天的盛大骑士联赛，伴有盛宴和其他在此种场合该有的庆典。

当所有程序完成后，新娘总算可以松口气了，因为旷日持久的仪式终于结束了，她现在可以休息休息了。

玛格丽特王后的古代画像

第七章
英格兰的接待

尽管格罗斯特公爵为表示欢迎玛格丽特来到英格兰举办了一场盛大的接待会，可是玛格丽特心里很清楚他从头到尾都在反对这场婚姻，而且一直都图谋不轨。因此她视格罗斯特公爵为敌人。尽管玛格丽特表面上努力表现得对他很客气，但私底下却对他心存芥蒂。她随时准备扳倒格罗斯特公爵。

前面已经说过，红衣主教蒲福和萨福克侯爵是格罗斯特公爵的对手和劲敌。蒲福是一位受人尊敬的长者，他富可敌国，威望极高。他曾经在国王未成年时期做过国王的监护人，这一经历对他的思想产生了很大的影响。萨福克侯爵和他的妻子曾经前往法兰西去接玛格丽特，在那段行程中，玛格丽特与侯爵夫妇之间建立了深厚的友谊，不仅是因为他们在促成这桩婚姻中起到了至关重要的作用，而且因为她一路上受到了他们无微不至的照顾。在与格罗斯特公爵的这场争斗中，红衣主教蒲福和萨福克侯爵在某些方面是占有优势的，因为他们对于国王和王后具有极强的影响力。然而格罗斯特公爵则在别的方面更具优势，因为他在广大民众当中很受欢迎。民众都意识到这些大人物之间的争斗在王后来到英格兰之后会进行得比以往更加激烈。所有的使臣们都急切地想要知道谁会是这场战斗的赢家，也更希望在战斗结束时自己站在赢家一方。

加冕礼结束之后，“勒内王”派遣过来的那些人被送回了法兰西。他当初让那些人陪玛格丽特过来，一来是为了让他们在旅途中可以陪伴玛格丽特，二来是可以确保玛格丽特在新家这边一切都得到妥当舒适的安排。离开前他们都收了亨利国王的赏金，以此来弥补他们在为他送来新娘途中的开销。

玛格丽特发现现在自己必须独自面临新的处境并承担新的职责。为了迎娶她，所有的皇家宫殿都专门装修了一番。其实这是很有必要的，因为英格兰的很多宫廷住宅都已年久失修。在那个荒蛮时代，即使是给国王王后建造的宫殿和城堡也不怎么舒适。在国王未成年的岁月里，这些房子里住着一批粗俗的租客，而在那样的一个年代，房子注定会遭到房客不爱惜地使用。因此到头来那些房子并不比士兵住的营房好到哪里去。为了迎接一位年轻美丽的王后以及那些照顾王后的侍女们，必须尽快修缮伦敦塔、威斯敏斯特宫殿和里士满宫殿。为此花费了大量的时间和金钱。然而那时的亨利国王特别缺钱，他无法如约给那些维修宫殿的工人们支付工钱。修缮工程负责人曾请求国王多给他一些钱来应付工人们的催讨。这份请求书至今还保存着。因为给工人的劳务费那么低，而且工资还常处于拖欠状态，所以很难找到工人来继续这项工作。

最终宫殿总算在玛格丽特到来之前装修好了。伦敦塔里也有为她准备的寓所，而且伦敦及其附近还有其他三座宫殿她都可以随时去住。除此之外，富可敌国的红衣主教蒲福在伦敦以北数英里之外的沃尔瑟姆森林有一幢美丽的大厦。他在这处宅邸特别安排出来一套高级房间专供玛格丽特使用，以备她来访时暂住。红衣主教把这套房精心装修了一番，配备了豪华的家具。床上用品都是金色的大马士革布料制成的，其他家具和陈设与其在风格上相配。王后经常去这座庄园宅第看望红衣主教，很快她做出了“每一件事情都愿意听从红衣主教”的决定。红衣主教对于玛格丽特的决策力影响甚至大过了国王。宫廷和政府的事务几乎完全被他的意见所左右。格罗斯特公爵以及与他同一派系的贵族们对这样的局面愤愤不平。他们说由于国王的软弱和愚蠢，英格兰王国落入一个牧师和一个女人手上了，而且还是一个法国女人。

但他们对此也无能为力——玛格丽特如此年轻貌美，每个人都被她的个人魅力和行为举止所吸引。无论她做什么大家都认为是对的。当玛格丽特初到英国时，她所选择的道路从大的方面来看基本上是明智的。从前，也有诸多像玛格丽特一样离开故土来到外国宫廷为后的女子，这些年轻王后都会从自己的国家带来一些显赫的人物作为她们的心腹和朋友陪伴左右。这样一来，外国新娘的亲信与国王的本国谋士之间迟早都会产生嫌隙，最终导致宫廷分成两派——国王一派和王后一派，两个派系之间必然产生不和，开始无休止的唇枪舌剑。由于民众对于外国势力有一种天生的排斥，他们会认为这种影响是由这个年轻王后造成的，这势必会使王后卷入这场纷争中去。玛格丽特王后天资聪颖，具备规避这种危险的能力。前面已经提及，她父亲曾派一批人在旅途中陪伴她并且随时捎信回来报告情况，现在这些人全都在加冕礼举行之后回国了。玛格丽特身边仅留下了几个家仆和两三个亲密的友人。至于谋士，玛格丽特立即将人选投向了丈夫的大臣和谋士，包括红衣主教蒲福，这个人在国王小时候就是他的监护人，还有萨福克侯爵，玛格丽特把萨福克侯爵夫人当作是她最亲密的女性朋友。所以她任命侯爵夫人担任她家政方面的重要职位，而且在其他许多方面也表现出对于侯爵夫人的信任和喜欢。玛格丽特那么年轻，还不足 17 岁，已经表现出良好的判断力和谨慎的处事方式。她选择了年岁较大的侯爵夫人作为她的亲密朋友，而不是从自己本国带来的那些和自己年纪相仿的小姑娘。她这种做法赢得了很多的嘉奖。换作别的年轻新娘如果处在玛格丽特的情况下，很可能就会选择后者。总而言之，玛格丽特结婚之后，全身心地投入到丈夫的生活中去了，把他的朋友当作自己的朋友，把他的兴趣当作自己的兴趣，毫无保留地将自己完全转换到新角色的位置上来。

玛格丽特在英格兰宫廷里的种种表现——活泼、低调、得体，使人们纷纷对她产生了好感，因此，她来到英格兰不久就赢得了民心。正如前面提及的那样，这桩婚姻在最开始提出来的时候就遭到了贵族和大臣们的普遍反对。他们反对并不是针对玛格丽特个人，而是因为英格兰因联姻要与法兰西讲和，就得做出某些让步，他们认为这些让步会削弱英格兰在欧洲大陆的势力，从而在某种程度上阻碍英格兰在欧洲的进一步扩张。可是当他们逐渐认识了解玛格丽特之后，就都非常敬仰并且喜欢她了。

国王已经完全被他的新娘所吸引了。亨利六世沉稳安静，亲切温柔，虔诚热忱，喜欢修身养性。他只对与安详宁静相一致的事情和娱乐感兴趣。然而玛格丽特却截然相反，她有着非凡的人格魅力、聪颖的天资、顽强的精神、卓绝的智慧以及超常的勇气。玛格丽特的这些性格特质在当上王后早期就开始崭露锋芒，并让亨利国王完全为她倾倒，对妻子崇拜得五体投地，这也促使玛格丽特对丈夫的支配能力与日俱增。

玛格丽特给英格兰民众同样留下了很好的印象。他们觉得从未有过一个王后比安茹的玛格丽特更有资格获得王权。甚至有人说，任何女人在美貌上都无法与她媲美，任何男人在勇气和毅力上都无法与她匹敌。似乎她生来就是为了弥补她那作为堂堂一国之君的丈夫本该具备的特质的。

亨利六世时期的女性服饰

第八章

内维尔女士的故事

在关于早期英国君主制历史的书籍中，常常会涉及一些公共事务运动，以及会使公共事务运动复杂化的宫廷密谋。玛格丽特刚一到达英格兰就陷入了许多这样的密谋中。事实上，玛格丽特足智多谋、才思灵敏。她拥有的这些品质及其他优点使她能够左右周围人的想法。这使她具备了令人钦佩的成功管理和操控各种各样事务的能力。早在玛格丽特从法兰西到英格兰的途中就曾卷入一个阴谋中。这个故事似乎更像是一个虚构的爱情故事而不是史实。事实上，它无疑是一个富于传奇色彩的故事，然而它很好地说明了个人激情及个人和家族之间的纷争是如何卷入国家历史长河中的：

玛格丽特王后与内维尔女士的第一次见面是在王后去英格兰的路上，地点是阿布维尔，一个离加来不是很远的法国城镇。当时王后乘坐的船只正在朝英格兰的海岸线行进，突然有一个年轻漂亮的女士来访，声称自己曾经服侍过皇太子妃。这位皇太子妃是法兰西国王长子的妻子，但她最近去世了。玛格丽特让这位女士进来，并和她进行了两个小时的私密谈话。当这次密谈结束时，玛格丽特王后把这位女士引荐给宫廷中的其他女士，说这位女士是桑德斯小姐，曾服侍过皇太子妃。但是现在，这位女士的女主人去世了，她希望返回英国服侍玛格丽特。玛格丽特王后告知其他女士她已经接受了这位女士，并吩咐宫廷上下的人要很好地照顾这位女士。

其他女士非常好奇地想要揭开这件事情的神秘面纱，但她们无法得到任何线索。这位女士非常内敛，和她的新同伴很少交流。然而，她的美丽以及她深沉惆怅的表情，使她成为王后家眷中所有人关注的对象，但是她们对她的过去一无所知。事实是，她真实的名字叫安妮·内维尔，是索尔兹伯里伯爵理查·内维尔的女儿。理查·内维尔是英格兰极有影响力的贵族之一。当安妮大概 15 岁的时候，她嫁给了家族中的一位亲戚。然而这场婚姻是不幸的，她丈夫非常嫉妒她的才华，对她极具猜疑、戒备心理，而且这个男人由于刻薄残酷的性格，对妻子极其吝啬，还经常施以暴力，这使得年轻的安妮苦不堪言。

这些不幸引起的持续不断的焦虑和痛苦很快开始影响到安妮的身心健康。终于，她的父亲发现她面容苍白、日渐消瘦，便向她询问原因。父亲很快意识到女儿过着极其恐怖的生活。像当时大部分贵族一样，他性格刚强，当即决定把女儿从她丈夫的手中解救出来。

伯爵确定或假装确定这桩婚姻在某些方面是不正式的——安妮和丈夫是远房亲戚，在这种情况下有必要走一些程序获得教会的特许使婚姻合法——他现在声称当时没有履行这些程序，所以他立即提起诉讼要求解除婚姻关系。他是否确有足够的证据或者是不是通过自己位高权重的势力而对法庭施压从而获得这种裁决的，我们无从知晓。最终，他成功地达到了目的——婚姻关系解除了，女儿返回家中。而且，为了尽可能地抹去过去所有的不快乐，安妮不再使用前夫的姓氏，而重新使用娘家姓氏。

她很快开始在宫廷抛头露面，几乎立即在宫廷中引起了人们的高度关注。由于她的特殊情况，她享有寡妇的一切特权，她还同时拥有一个可爱姑娘具有的吸引力和迷人的气质，这几乎让每个见过她的男人都很快爱上了她。

萨默塞特公爵是她的其中一位仰慕者。他是一个地位尊贵的人，成就卓著，但是他已经结婚了，因此他不能光明正大地把内维尔女士作为爱恋的对象。然而，他并没有受到这一顾虑的阻碍，很快就成功地让自己在内维尔女士心里留下了深刻的印象。他们很快就设法私下幽会，并借助各种各样的手段隐瞒他们之间的暧昧关系。与此同时，格罗斯特公爵在这个时候不幸丧妻，妻子刚刚咽气，他便立即生出了让内维尔女士做续弦对象的想法。于是他找内维尔女士的父亲索尔兹伯里伯爵商量这件事，伯爵很快便答应了他。格罗斯特当时是英格兰首席大臣，他选择作为妻子的女士将会为整个家族带来辉煌，因此内维尔家族同意联姻，但是此事要向准新娘保密，直到合适的时机到来，即等到格罗斯特公爵从他前任妻子的离世可能给他带来的悲伤中恢复过来的时候再宣布。

终于，在服丧期满时，格罗斯特向内维尔女士表达了他的爱意。内维尔女士一边听着，一边想着萨默塞特听到这个消息时会有什么样的反应。她确实第一时间就把这一消息告诉了萨默塞特公爵。

这对情人一起商量着在这样的紧急情况下该怎么办，这一过程令他们非常苦恼和困惑。他们无法忍受就此分离，但萨默塞特已是有妇之夫，所以他不可能再娶；对于内维尔女士来说，终生保持单身也是一种不现实的想法。他们也知道他俩目前的这种关系持续不了多长时间。最后他们商定，内维尔女士暂且同意公爵的求婚，答应做他的妻子。同时，在完婚的时间到来之前，他们打算继续更加亲密地幽会，尽一切可能小心谨慎地隐瞒他们的一举一动。

因此内维尔女士接受了公爵的求婚。很快，宫廷上下众人皆知内维尔女士是格罗斯特公爵的未婚妻。

内维尔女士以前在宫廷聚会上偶遇格罗斯特公爵的时候，总是与他保持一定的距离。但现在既然她已经接受公爵做自己未来的丈夫了，公爵觉得他完全有理由期待对方能够对他比从前热情一些。然而他发现一切如故，她仍然一如既往地矜持不苟、含蓄冷漠。此外，有的时候他每天不止一次地去找她，但她多数情况下都不在家。他觉得这样的次数也太多了。在这种情况下她的家仆会告诉公爵她去了什么地方，但当他赶去那里的时候，却无一例外地发现没有内维尔女士的踪影。很快他便得出一个结论：这件事的背后一定存在某种隐情。他决定采取有效举措以查明真相。

于是，格罗斯特公爵雇用了几个亲信来打探内维尔女士的去向。但是他们监视了许多天都没有一点收获。探子们汇报说他们无法成功跟踪内维尔女士。尽管他们付出了极大的努力，但内维尔女士还是设法甩掉了他们，而且一天当中总有几个小时她会从他们的视线中消失。他们监视了很长一段时间后，唯一让他们肯定的是，所看到的情况足以说明这里面确实有些不对劲的地方，可那是什么呢？他们却没能找到，因为萨默塞特公爵和内维尔女士的反侦查措施是如此得天衣无缝。

格罗斯特公爵困惑了很久，他感觉进退两难——究竟是该和内维尔女士翻脸，当面吵翻后解除婚约，还是应该打消疑虑娶她为妻。最终，他对内维尔女士的爱战胜了一切，决定与她完婚。他忖度着，现在并没有确凿的证据向内维尔摊牌，退一步讲，就算她那些诡秘的行踪确实出于秘密恋情，但毕竟婚后她也有可能做一个忠贞又深情的妻子。他心想，一个即将做新娘的人在心里对于前任的感情挥之不去是难免的事，即使当她决心将自己毫无保留地交给她最终选定之人的时候也会这样。更何况这个女人还是那么年轻貌美、温婉可人、才艺非凡。而他作为她的未婚夫却不再风华正茂，只能用财富和权贵讨取她的欢心。

因此他下定决心娶内维尔女士为妻，并确定了婚礼的日期。

当婚期临近时，这对情人发觉他们在一起欢愉的日子已经所剩无几，所以他们决定在婚礼的前一天见最后一面。为了保证安全且不被打扰，他们打算在泰晤士河畔距伦敦稍远的一个村庄里度过这一天。

到了约定的日子，内维尔女士离开家准备前往约定的地点。格罗斯特公爵安排的间谍尾随她而去。内维尔女士在村子里见到了萨默塞特，但因为萨默塞特将自己伪装得很好，所以这些密探并没有认出他，也不知道他是谁。然而密探们并非一无所获，他们从内维尔女士对待那个男人的行为举止可以断定，他一定就是内维尔女士的情人，于是他们立刻将看到的一切禀报给了在伦敦的格罗斯特公爵。

不出所料，格罗斯特公爵大发雷霆，他发毒誓要向内维尔女士和她的那个情人复仇。他立即武装军队，并在间谍的带领下率领军队策马奔向内维尔和她的情夫约会的村庄。格罗斯特公爵还没赶到目的地时天已经黑了。他向几个村民打问，他们告诉格罗斯特，那位符合他描述的夫人已经乘上返回伦敦的船有一会儿了。格罗斯特公爵立即调转方向，快马加鞭向伦敦赶去，希望在内维尔的船靠岸之前抵达码头，并下决心要在内维尔和她的情夫上岸的那一刻把他们干掉。

然而格罗斯特公爵失算了。他原以为那个情夫——不管他会是谁——定会和那个女人在一起。然而由于萨默塞特具有过强的防范意识，从而他选择自己走陆路返回伦敦，留下内维尔女士乘坐运送乘客的船回去，因为这种船就是一种按固定时间往返于这个村庄和伦敦之间的小型交通工具。萨默塞特在离伦敦码头不远的地方安排了他的亲信，等内维尔女士下船后就把她送回家。

格罗斯特公爵在内维尔女士乘坐的船到岸之前就赶到了码头。但他绝望地发现，由于天色太暗，他无法在人群中辨认出他要找的那两个人，他确信他们会乔装打扮的，但他并不知道对方会伪装成什么样子。因此，盛怒之下的格罗斯特决意要杀掉全船的人，这样才确保他报了仇。

于是，在船靠岸的那一瞬间，格罗斯特公爵和他的手下一起冲向岸边，接着便发生了令人触目惊心的一幕：格罗斯特径直朝一个女人走去，从他在黑暗中观察到的她的气质、举止和着装风格可以断定她极可能就是那个令自己暴怒的对象，于是他将匕首刺入了那个女人的胸口。她惊恐万状，跳入河中，她被她的衣裙浮起，并顺着河水漂流而下。

与此同时，船上的杀戮仍在继续。格罗斯特和他的手下还在不断地刺杀和袭击他们周围的人，直到将全船的乘客包括船夫在内全部杀死。他们随即在尸体上绑好石头投进水中，确保尸体不会浮出水面。

住在河岸附近的居民在夜深人静里突然听到惨烈的哭喊声，纷纷被惊醒。但是这悲鸣很快就止息了，因为屠杀只用了很短的时间，而且这样的声音在当时的伦敦实在不足为奇，尤其又是发生在河边，就更容易掩人耳目了。

船上布满了血迹。格罗斯特公爵命令他的部下将船推到河中央并将其沉入水中，因为这是掩盖一切罪行痕迹最便捷的方法……

格罗斯特公爵之所以想要立刻隐藏他在这次行动中的所作所为，并不是因为害怕受到惩罚（因为当时的法律是苍白而无力的，还不足以审判像格罗斯特公爵这样有身份有地位的人所犯下的罪行）。他仅仅是想，如果人们知道他用这种方式杀害了那么多无辜的人，只是为了不放掉那个他所嫉妒和憎恨的对象，那会毁了他的名誉使他不得人心。

内维尔女士确实被格罗斯特刺中，然后跌入了水中。她顺着河水漂流而下。她的衣裙将她浮起——这条裙子是按当时的流行款式缝制的，在水中有巨大的浮力，因为撑起袖子的箍圈增加了裙身的浮力。此外，内维尔女士的头饰又大又轻，恰好一个浮子一样托起她的头部而不至于沉入水中。

就这样，内维尔女士浮在水面顺流而下，过了伦敦桥。激流将她冲过了一个拱桥洞，她刚从桥下漂出来，就被水流冲到了河边。有一些从上游来的船只停泊在那里，其中恰好有一艘开往诺曼底的大船。这艘大船的船长已经上了岸，但他此时正准备再次登上小船离开河岸上大船。他手举提灯，借着灯光观察河面，辨别通往大船的方向。这时，他发现离他不远处有一个漂浮物，类似女人的衣裙，他急忙登上小船向漂浮物划去。他费了很大的劲，救起奄奄一息的内维尔女士，把她放在小船上，然后以最快的速度划向大船。

人们尽一切可能抢救溺水的内维尔女士，她不久就恢复了意识。她瞪大眼睛紧张而恐惧地环顾四周，然而她保持镇定不说一句可能会泄露她秘密的话，但她的衣着、气质和举止让船长确定她绝不是一个普通人。她的伤口不是很严重，她的衣裙使匕首的方向发生了偏折从而保护了她。当她意识到她脱离了险境，人就变得更加沉着了，开始打听身边的人和事。当她得知接纳她的船是开往诺曼底的时候，她决定逃到法兰西。她想方设法劝说船长在船出航前把她隐藏在船上不被其他人发现，然后带着她顺流而下穿过英吉利海峡。

内维尔女士一到法兰西便立刻投奔皇太子妃的宫廷。身为英格兰公主的法兰西皇太子妃很容易对内维尔女士产生同情，她亲切地接纳了她。正如我们所看到的，内维尔女士以桑德斯小姐的假称留在了宫廷，直到皇太子妃去世。这样一来，内维尔女士突然在法兰西失去了庇佑，但几乎同一时间，安茹的玛格丽特的婚事似乎为她返回英格兰提供了契机。

内维尔女士十分明白，只要格罗斯特公爵活着并大权在握，她就不能安全返回英格兰宫廷。但她推断，玛格丽特到达英格兰，这可能预兆着格罗斯特的倒台。

内维尔女士自言自语道："她一定像我一样恨格罗斯特，因为格罗斯特从一开始就反对她的婚姻，并动用他的权力千方百计去阻挠婚姻。玛格丽特定会罢黜他并让她的某个朋友取而代之，否则她绝不会善罢甘休。如果她能保护我，允许我伴随她回英格兰，我可以帮助她对付格罗斯特。”

于是，正如我们所看到的，内维尔女士前往阿布维尔拦截了正赶往海岸的玛格丽特王后。她拜访了玛格丽特王后，两人进行了很长时间的秘密会谈。内维尔女士给玛格丽特讲述了她与萨默塞特和格罗斯特之间的恩怨情仇以及自己从格罗斯特手中奇迹般死里逃生的经历。她决心复仇，如果玛格丽特愿意接纳她、帮助她，带她回到英格兰，她将会与爱人萨默塞特一起，协助玛格丽特实现自己的计划，成功地扳倒格罗斯特。

玛格丽特立刻欣然同意了内维尔女士的要求，并带她回到了英格兰。玛格丽特给予内维尔女士无上的尊敬和关心，但内维尔女士在与其他宫廷夫人的交往中仍然很矜持，一直独来独往。在新娘一行人到达英格兰后，她更是与他人保持距离。她为此做出的解释是，她的朋友法兰西皇太子妃的去世令她非常伤心，但其他的宫廷夫人不满意她的说辞，她们坚信除了表象之外一定还有别的原因。尤其当她们发现这个陌生的女人在她们一行到了英格兰后一直极力回避与格罗斯特见面时，她们更加深信不疑真相绝不像她说的那么简单。她们竭尽所能去观察她、监视她，以期揭穿她的秘密，但均一无所获。

波尔多一景

第九章
密　谋

玛格丽特到达英格兰时，英格兰宫廷中公共事务与个人阴谋混杂在一起，局势复杂。令人惊讶的是，玛格丽特的性格恰好使她在处理这些阴谋方面很好地发挥了作用。她擅长利用周围人所表现出来的各种情感，如雄心、爱憎、愤怒和嫉妒等来达到她自己的目的。这些情感在宫廷表现得比在其他任何地方都要强烈炽热。她年纪轻轻，但在心智方面却远远超过她的实际年龄。她美艳动人，气质绰约，举止优雅，有一种无法用言语形容的魅力。但她做事果敢，表现得更像一个精明强悍的男人。

格罗斯特公爵不会料到竟会有人从小船上逃生，他以为他毁掉了船上所有的一切。萨默塞特提前安排手下在内维尔女士登陆的码头不远处等候接应并护送她回家，但一直到远远超过了预计时间，还是没等到人来。第二天萨默塞特打听到小船已从村庄驶出，但是没有收到内维尔女士到达伦敦的消息。他认为内维尔女士一定在河里遇到了意外，与船上所有人一样遇难了。至于内维尔女士的父亲索尔兹伯里伯爵，格罗斯特第一时间拜见了他，坦白自己所做的一切，格罗斯特说，他察觉到伯爵的女儿与别人私通，如果把这件事公之于众，不仅内维尔女士自己蒙羞，她的整个家族都会因她而颜面扫地，索尔兹伯里伯爵是一个非常严苛且谨慎的人，他说格罗斯特做得非常正确。他们一致同意应秘密处理这件事情，并散播出一个消息：内维尔女士已死于自然原因。

在英格兰，玛格丽特王后地位刚有所稳固，她就开始在脑子里盘算如何罢黜格罗斯特。她打算先努力使丈夫从慵懒无为中振作起来，唤醒他的独立精神和雄心壮志，从而推动自己的计划。

玛格丽特经常对亨利说："你大权在握，拥有的权力很容易让你建立全欧洲最荣耀的王国，除了大不列颠，你还拥有法国的整个诺曼底和其他有价值的资产，这些组合起来就是一个广阔的王国，如果你能把这个王国的统治权握在自己手中，你可获得无上的荣耀。"

玛格丽特向亨利指明，他明智的做法是自己立刻掌权，而不是将国家大权交给自己的叔叔，那样很不值。英格兰历史上有太多这样的例子：曾经有位宠臣掌管着国家大权很长一段时间，他的势力不断壮大，以至于他独揽大权，没人能从他手里夺走政权，而国王自己最后也被这位大臣玩弄于股掌之中。格罗斯特公爵现在正极力为独揽大权做准备，如果国王还不从自己的不作为中醒悟，以后待对方大权在握，就再难有挽回的机会了。随后，玛格丽特再一次提到了亨利的父亲亨利五世以及他的祖父亨利四世，两位先王都是自己牢牢掌控国家大权，开疆辟土，名垂青史。而他们的后代却一生无所作为，还授人以柄，那么这些亲戚肯定会以此来提高自己的私利，这对于后人来说是一件多么不光荣的事啊！

另外，玛格丽特也提醒国王提防来自皇族其他支脉的潜在危险，因为他们无时无刻不在觊觎着王权。一旦有机会，他们就会站出来提出对王位拥有继承权。祖先爱德华三世的二儿子莱昂内尔（Lionel）因为唯一的孩子是个女孩，所以他的三弟约翰·冈特（John of Gaunt）的后代们代替了他的直系后代，而莱昂内尔的曾孙女后来又嫁给了爱德华三世的四儿子艾德蒙的儿子理查德。他的儿子“约克公爵”自然便成了最有继承权的莱昂内尔的后代，他也声称自己拥有王位继承权。玛格丽特提醒丈夫随时存在这样的危险——金雀花家族的理查会随时提出自己的王位继承权。

事实证明，正是因为存在这些不安定因素，亨利不能想当然地认为自己的王位不会受到威胁，他应该将权力掌握在自己手里或交付给自己最亲近的人，即他的妻子玛格丽特。一位大臣无论声称自己是多么的忠诚和臣服于国王也是不可靠的，如果另一个家族许诺给他更多的利益，那么他极有可能会改变立场。然而作为妻子，她与丈夫的利益自然是密切相连、不可分割的，她才是在任何危急情况下都可以完全信赖的人。

因为有机会向丈夫谏言，玛格丽特一次又一次的劝说对亨利产生了相当的影响，可亨利似乎还是没有足够的决心和精力去按照妻子的建议行动，因为他不知道如何从叔叔手中夺回权力，而且叔叔向来都表现得非常忠诚可信。另外，因为亨利年纪尚轻，没有足够的经验妥善管理如此强大的王国，倘若让他去管理政府事务，承担政府职责，他确信他一定会犯错并使自己陷入困境。

然而，玛格丽特已经很清楚地观察到自己对丈夫的劝解起了一定的作用，为了增强她谏言的效果，她睁大眼睛寻找时机。当国王和格罗斯特出现意见分歧时，国王的意见或建议通常都不被采纳。而此时，她就会适时地从中挑拨，不断影响国王的态度。有些人说玛格丽特故意策划了这样的机会，她巧妙地诱导丈夫提出格罗斯特不会认可的建议……总之当这样的事情发生时，玛格丽特就充分利用这些矛盾来加深亨利对她平时所暗示的想法的印象。

玛格丽特说："多么羞耻啊！作为堂堂一国之君，本来可以将所有政府事务完全掌握在自己手中，竟然还要得到臣子的允许去干这干那。"然而亨利却辩道，规避错误虽不是人类的本性，但当他面临犯错危险的时候，有这样一位大臣能够介入挽救他，以免造成严重后果，他认为自己是非常幸运的。对此，玛格丽特回答道："人固然都会犯错，但作为强大王国的君主，犯的错要由自己的下属去纠正，真是丢人啊！如果你真的接管了政府事务，独立行事，那么你会发现，你所说的错误或许就不叫错误了，众人会给它另起一个更好听的名字——皇帝的幽默。世人总是倾向于认为一国之君所做的事情是毋庸置疑的，即使在他们看来是错的，他们也相信之所以有这样的表象是因为他们的处境不能使他们对这一问题做出正确的判断，他们并不完全了解事实，或者说他们看不透事实的真相。”

玛格丽特努力使丈夫相信，如果他能将政府事务掌握在自己手中，那么他一定会将公共事务管理得井井有条，而且还将得到国民的支持。

除了操控国王的思想，玛格丽特也一直忙于秘密了解达官贵族以及其他政要的想法和感受，了解他们中间谁对格罗斯特有敌意，并有意拉拢他们一起反对格罗斯特。玛格丽特想到的第一个人便是萨默塞特公爵，也就是内维尔女士的情人。

由于萨默塞特和格罗斯特曾因为内维尔女士有过节，所以玛格丽特猜测萨默塞特对格罗斯特是有敌意的。她充分利用内维尔女士的归来诱导他，答应帮他与内维尔见面，让他同意与自己联手一起扳倒他的敌人。为了将操控此事的主动权完全掌握在自己手中，玛格丽特与内维尔女士商定，内维尔女士暂且不能以任何方式与萨默塞特见面，必须等王后先与萨默塞特会面后，通过王后之口让萨默塞特知道内维尔是安全的，然后内维尔女士方可与萨默塞特见面，对此安排内维尔女士欣然同意了，她相信王后会把此事做得比她自己所希望得更好。

前面提到过，萨默塞特在认识内维尔女士时就已结婚，但内维尔女士还在法国的时候，他的妻子就去世了，如今他已是自由身。因此王后和内维尔女士目前的计划又给了他一次机会——如果他仍然爱着内维尔，他就可以光明正大地娶她为妻。

玛格丽特在实施计划期间安排了一次与萨默塞特的会面，告诉他内维尔女士仍然活着，而且离他并不远。如果他想再见到内维尔，只要他答应王后提出的条件，王后就有办法让他们重新在一起。

萨默塞特听到这个消息时欣喜若狂。起初他都不敢相信这是真的，当他确定他以为早已不在人世的内维尔还活着而且就在英格兰时，他迫不及待地想要见到她。他告诉王后，只要王后能将内维尔带回到他身边，王后提什么条件他都答应。

玛格丽特王后提出了三个条件：

第一个条件是，萨默塞特可以和内维尔女士见面，但仅此一次并且两个人只能在一起待几分钟，这样萨默塞特便能确定她还活着，随后他得离开内维尔女士，在格罗斯特公爵没下台之前，他不能与内维尔女士再见面。

第二个条件是，萨默塞特必须装作跟王后不和，以免使玛格丽特的计划遭别人怀疑。当时机成熟时，则不必继续如此假装。

第三个条件是，萨默塞特应尽其所能加强和巩固反对格罗斯特公爵的阵营，尽可能地策反格罗斯特的朋友和那些受过他影响的人，让他们一起反对格罗斯特。当阵营变得足够强大时，他们就可以在议会上起诉并且审讯格罗斯特公爵。

萨默塞特立即同意了这些条件，随即玛格丽特安排他和内维尔女士见了面。

萨默塞特再次见到了内维尔女士，立刻紧紧地把她抱在怀里，爱情的喜悦使他激动不已。当时玛格丽特也在场，她饶有兴致地见证了久别重逢的情人那种炽热的爱意——显然他们依然深爱着对方。但玛格丽特很快打断了还沉浸在喜悦中的恋人，因为她需要萨默塞特把注意力放到下一步的计划中来。

玛格丽特说道："你要做的第一件事就是拜访索尔兹伯里伯爵，然后向他女儿求婚，同时也要说服伯爵加入我们的阵营中来。"

索尔兹伯里的儿子即内维尔女士的弟弟，他的头衔是沃里克伯爵。他是一位有名的"造王者"。他之所以被赋予这个称号，是因为他在随后两大王朝的兴衰起落中发挥了重大的作用。如今沃里克伯爵声名显赫，部分是因为他财富巨大，一部分是因为他卓越的领导才能。玛格丽特在努力拉拢索尔兹伯里伯爵的同时，也非常渴望能把他的儿子拉拢到她这边来。

萨默塞特欣然接受了王后交代的任务，答应与索尔兹伯里伯爵交谈，其目的是要告知伯爵，他的女儿仍活着并且是安全的，继而再向她求婚，同时打探清楚伯爵有多大可能性加入玛格丽特正在组建的反对格罗斯特公爵的阵营里来。

因此萨默塞特请求与索尔兹伯里见面，告诉他那些关于他女儿死亡的报道是假的，她还活着，并不像人们猜测的那样溺死在了泰晤士河里。她逃到了法国，在那里一直在皇太子妃的保护下生活着。

萨默塞特当然不愿把内维尔女士逃走的真实情况说出来，于是他告诉伯爵他的女儿离开祖国是为了逃避与格罗斯特结婚，因为她很厌恶这桩婚事。现在内维尔女士回来了，萨默塞特受女士委托来请求伯爵原谅她的过往，同时请求伯爵同意他与内维尔女士结婚，因为他深爱着内维尔女士。再者，他已丧妻，现在是自由身，可以再婚。

按原定计划，如果萨默塞特想顺利完成他的这一部分任务，接下来就必须在索尔兹伯里伯爵听到女儿在世以及她美好婚姻前景的好消息时能重新唤醒伯爵内心深处对女儿尚存的父爱，他还要试图引出格罗斯特这个人，然后谨慎地把格罗斯特疯狂袭击并企图杀害内维尔女士的真实情况以及内维尔女士逃走的真正原因说出来。但是事与愿违，固执的伯爵没有给萨默塞特任何机会去完成后面的任务。伯爵听完萨默塞特给他讲述的情况后，被女儿的所作所为气得大发雷霆，他用最难听最恶毒的话咒骂女儿。对于女儿丢人现眼的行为伯爵有充分的证据，现在他不愿意和女儿扯上任何关系。他早已剥夺了女儿的继承权，把所有财产都给了儿子。

萨默塞特立刻意识到希望渺茫，于是见机撤离。

企图拉拢伯爵来一起对付格罗斯特的计划失败了。但玛格丽特并没有气馁，她另辟蹊径，终获成功。

对格罗斯特的指控

第十章
格罗斯特倒台

有一天，当亨利和玛格丽特在国王内阁一起商议公事时，玛格丽特找借口召见了格罗斯特。待格罗斯特在场时，根据事先谋划好的安排，萨默塞特出现在门口，显得既激动又惊慌的样子，他说有特别紧迫的事禀告国王，被允许进来后，他手里拿着一张纸，神态举止都透露出恐惧和紧张，然而当看到格罗斯特时他立刻表现出惊讶和窘迫，转身准备离开，说是没想到国王和王后这儿有客人。

但玛格丽特拦住了准备离开的萨默塞特。

玛格丽特说："别走，让我们看看什么事这么急，你尽管说，这儿除了国王、大臣和你我，没有其他人，而且也没有什么事要对大臣隐瞒的。"

听到这番话，萨默塞特停顿了一下，看了看格罗斯特，似乎有点犹豫，随后又鼓起勇气果断地把手里的纸递给国王，并郑重其事地说，这张纸上有对格罗斯特最严重的控告。他继续说道，看来被控告的这个人在场，会知道自己被控告这件事，如果他有任何合理的辩解的话可以对此控告做出回应。

公爵看上去呆若木鸡，国王也十分惊讶，场面一时显得非常尴尬。玛格丽特从国王手中接过控告书开始翻阅，这才打破了这一难堪的僵局。

她说："让我看看指控是什么。"

于是玛格丽特翻开控告书开始逐条念读。指控有很多条，最主要的一条与英格兰在欧洲大陆主权的交易协定有关，其中牵扯到格罗斯特公爵。他被指控为了一己私利牺牲王室的权益。还有许多其他指控，包括企图篡夺国王特权，目空一切违反国家法律。最后对伦敦码头的谋杀案做了具体说明，用严厉的措辞控诉这种行为是彻头彻尾的犯罪，手段极其残暴，令人发指，虽然指控书的撰写人承认并非完全了解这一案情的细节。

玛格丽特一条接一条念着这些指控，公爵坚称这些指控完全不公。当他听到谋杀内维尔女士的罪名时，有一瞬间他显得惊讶、困惑。但他很快便镇定下来，表示无论是杀人指控还是其他的指控，自己都是无辜的。他表示这一连串的指控从头到尾就是污蔑。

玛格丽特又从头到尾浏览了一遍控告书，然后将它折起来放到一边，对国王说这些指控极其严重，在没有确凿证据的情况下就认定他有罪，这对他来说是很不公平的。"同时，"她补充道，"在没有调查清楚前不能轻易下结论。我不认为萨默塞特公爵在没有任何证据证实这些罪行的情况下能够提出这些指控。"

萨默塞特公爵马上表示，对所有指控他都准备好了充足的证据，国王陛下无论何时需要，他随时都可以出示任何一条或全部证据。

玛格丽特随后翻开控告书，再次漫不经心地粗略浏览了一系列指控。最后，她似乎是不经意地看到与谋杀内维尔女士相关的那条指控。

"你有什么证据能证明格罗斯特公爵和这起残忍的谋杀案有关?"

格罗斯特公爵发现王后挑出来需要证明的第一条指控是这一条时，心里稍微松了一口气，心想，在这起案件中他所做的掩盖罪行的预防措施绝对有效，最坏的结果也只不过是一些含糊不清的怀疑理由，而非任何真凭实据。他相信自己可以轻易证明，这些不充分的证据不足以支撑如此严重的指控。

萨默塞特公爵请求允许暂时退下。但他很快又返回了，他将内维尔女士带了进来。即使一场真正的死而复生也不会比这一出乎意料的现身更使格罗斯特感到吃惊。他目瞪口呆，不知所措。内维尔女士走向国王，跪在他面前，讲述了格罗斯特在泰晤士河的船上袭击她、残忍杀害全船乘客和船夫，以及她奇迹般逃脱等情况。使公爵完全不知所措。他似乎已承认内维尔女士说的是真话了——他表现出的困惑和痛苦显然等同于完全认罪。但是，玛格丽特很快就打断了这场控告，她对国王说，这起案件显然太严重，不能在私下以如此非正式的方式处理，应该交由议会审议此案并决定应该如何处理。

格罗斯特和萨默塞特双双从国王王后身边退下，国王一人却陷入了苦恼和困惑之中……

这个故事是撰写玛格丽特传记的一位最著名的作家讲述的。书中讲道，玛格丽特采取秘密手段瓦解了格罗斯特公爵对国王的支配，并部署了更宏大的计划，以议会及全国的力量摧毁公爵。无论这个传奇故事是否属实，毫无疑问的是，玛格丽特作为一个善用权谋的人，充分发挥了她所有的聪明才智去实现自己的目标并取得了成功——国王接受了她的建议，一个反对格罗斯特的强大政党在贵族和其他政要中形成了。最后，议会于 1447 年召开，旨在彻底解决这一事件。然而在召集议会时，对这件“大事”却只字未提。像格罗斯特这样如此有权有势的人，任何公开逮捕他的企图都很有可能遭到武装反抗并可能立即引发内战。

对公爵的其中一条指控是，他和约克公爵密谋。约克公爵是老爱德华三世家族另外两个支脉的代表人物和继承人，如前文所述，此人已经提出过对王位继承权的诉求。据说格罗斯特和理查德私下密谋，以废黜亨利为目的，打算推理查德登上王座。

此时继位问题的确是处于一种非常微妙的状态。倘若亨利去世前没有子嗣，格罗斯特公爵本人就是亨利的继承人，因为格罗斯特公爵是亨利最年长的叔叔。在亨利没有子嗣的情况下，王位理所当然会重归格罗斯特公爵——也许这正是他反对亨利结婚的原因之一。因此，只要亨利不结婚，格罗斯特就会致力于维护自己家族支脉——兰开斯特家族的权力，驳回约克家族对王位的诉求。但是他担心亨利一旦拥有子嗣，自己在兰开斯特家族一方的继位权将被切断，那么，也许支持约克家族更符合他的利益，只要约克家族答应给他更好的地位和回报。现在亨利已经结婚了，而且格罗斯特已经明显感觉到自己的影响力在迅速减弱。萨默塞特在国王内阁指控自己的那一幕肯定加剧了格罗斯特对继续留在亨利政府执政的担忧。于是，国王与玛格丽特制定召开议会的计划时采取了周翔的保密措施，不让公众知道格罗斯特一案将在议会审判。议会以其他托词召开。但会议地点与往常不同——不在伦敦，因为格罗斯特深受伦敦人民的爱戴，人们甚至相信，要是试图在伦敦逮捕他，民众一定会奋起反抗并发动叛乱。

所以，最终议会成员们应召在伯里圣艾德蒙开会，伯里圣艾德蒙是一座距伦敦东北部六七十英里的小镇，那里有座著名的修道院。在当时，英格兰议会或多或少只不过是国王召集的王国主要名流的聚会而已，目的是在任何突发情况下给君王谏言或提供支援，而国王可以要求他们到王国内任何一个他指定的地方接驾。同时，通过在伯里圣艾德蒙召开议会，王后一派使自己远离格罗斯特的追随者和亲信们的势力范围，因为在都城内外他们的人不计其数。王后一派小心翼翼地部署好了一支强大的队伍在身边，随时准备采取必要的行动。

约定的日子到了，议会在修道院召开。修道院宽敞的餐厅现在收拾出来作为会议室。议会召开的第一天在这里处理了一些普通事务，第二天在没有任何预先警告的情况下，一名公共官员在一支强大队伍的陪同下猝不及防地逮捕了公爵并立刻将他带走，送往伦敦塔。

当然，此次事件引起了巨大轰动，消息很快传开并引起了震惊和慌乱。人们本以为，公爵会立刻被传讯接受审判。然而几天之后有消息传出：公爵死了！据说是某天早上狱卒送饭时发现他死在牢房里的。这一消息使得此次事件造成的轰动陡然增加了数倍。可是人们迟迟不能接受这一说法，他们认为公爵是被毒死或是以其他暴力方式致死的。政府官员宣称事实并非如此，为了让民众相信公爵是自然死亡，他们将公爵的遗体曝光在公众面前几日后才将他埋葬，以确保大家都清楚地看到死者身上没有任何遭受暴力的痕迹。

但仍有许多民众无法接受眼前所看到的，他们认为暴力致死有许多方式可以不在人体表面留下痕迹。他们坚持相信他们爱戴的公爵惨遭谋杀。其中一种说法是，萨默塞特去伦敦塔的监狱看望格罗斯特，试图劝说格罗斯特向自己妥协，但格罗斯特不仅高傲地拒绝了他的好意，还对他恶言相向，导致两人产生了激烈争执。于是，萨默塞特在一同而来的随从的协助下，将不幸的犯人勒死在沙发上或以别的方式使其窒息而亡。之后，他们摆放好他的身体，合上他的眼睛，让他看上去像是睡着了，然后离开了。

法国鲁昂

第十一章 萨福克倒台

格罗斯特公爵死后，玛格丽特不再掩饰自己的野心，她一头扎进了阴谋诡计的海洋中，步步为营，机关算尽。这种状况持续了两年多。在此期间，重重困难和错综复杂的问题缠绕着她，最终她意识到，自己遇到了大麻烦。

首先，人们对于格罗斯特所遭受的待遇非常不满，他们不相信他是自然死亡，普遍的观点是，格罗斯特的横死是玛格丽特一手导演的。由于格罗斯特公爵曾受举国拥护，诸如此类的谣言与怀疑很大程度上离间了民众与王后的关系。许多人开始讨厌玛格丽特，他们称她为法国女人，并以一种隐晦的威胁或窃窃私语来发泄怨恨。

而此时，发生在法国的一件事情促使英格兰民众对于王后的不满情绪日益高涨。紧挨着诺曼底南部的曼恩和安茹两省曾经是英格兰皇室在法兰西所继承的价值连城的财富，而这两个省份早在玛格丽特结婚时就由萨福克侯爵以大使使命作为联姻的条件归还给了法兰西。

此时在法兰西摄政的是约克公爵，而他在那儿的地位让玛格丽特忧心忡忡，因为他是竞争一方中的代表与继承人。在亨利统治下玛格丽特给予约克公爵足够的重视以减轻他越来越不满的情绪。这样做对玛格丽特是有益的。然而把他捧得太高并非明智之举，因此玛格丽特有点茫然，不知如何是好。

格罗斯特死后，萨默塞特发现自己成了众人怀疑的焦点，因此他向玛格丽特提议想去诺曼底躲一阵子，玛格丽特却建议他接替约克公爵在法兰西摄政，萨默塞特最终接受了这个意见。约克公爵被召回，萨默塞特继而接替了他在法兰西的统治。

当初，萨福克侯爵在商讨联姻合约时，与法兰西国王签订了休战协议。萨福克希望两国能保持永久的和平，但那只是这位老人家一厢情愿的想法。婚姻刚一生效，法兰西国王似乎就一门心思地想恢复以前的敌对关系，因为他获得了安茹与曼恩两省内所有城堡与要塞的统治权，就可以从那边很容易地到达诺曼底前线，从而可以组织远征军队以最有效的方式入侵英格兰。他现在只需要一个开战的借口——借口在这种情况下总是能很快找到。由于英格兰将曼恩的管辖权转让给了法国，该地某一英国士兵连被就地遣散，这些士兵本应该穿越边境到诺曼底与英军部队会合，但他们却去了附近另一个也属于法国的省份布列塔尼，他们在那里组成抢劫团伙实施犯罪活动。查尔斯七世向萨默塞特投诉这件事，因为这事发生在萨默塞特成为摄政王时期，也就是诺曼底的行政长官之后。萨默塞特承认这些事实，并承诺赔偿法国的损失，但查尔斯七世狮子大开口提出了巨额赔款，萨默塞特无力也不愿意支付，所以两国又交战了。

由于法兰西国王拥有曼恩的控制权，他可以高效地集结军队，浩浩荡荡地穿过边境。在征服了一些村镇和城堡并在几场战役中击败英军之后，他最终将萨默塞特逼进鲁昂，鲁昂是诺曼底的首府，一座古老而著名的城市。萨默塞特在这里被关押了起来。

围攻下鲁昂之后不久，英军又不得不再次放弃鲁昂。为了获得人身自由，除了放弃鲁昂之外，萨默塞特还被迫交出其他一些重要的城堡和城镇的控制权。

1449 年，事态每况愈下，最后直至整个诺曼底地区失守。瑟堡镇成了英军最后的退却地和避难所。但英军在此也未能久留，最终还是被从瑟堡镇逐出。

英格兰民众怒火中烧，首当其冲受到怨恨的就是萨福克侯爵。在格罗斯特公爵死后，他出现在台前，没过多久，就已经是公认的内阁大臣，这样一来，根据英格兰宪法章程和英格兰民众的看法，他应该对所发生的一切负责，尤其是所发生的不幸和灾难。人们对萨福克侯爵提出了强烈抗议，也含沙射影对王后提出抗议，因为是她让萨福克侯爵掌握了权力。人们说所有的灾难都源于国王与玛格丽特晦气的婚姻和为联姻付出的代价，即英格兰将曼恩和安茹割让给了法国。要不是获得这两个边陲省份的所有权带来的好处，法国人就不可能有机会入侵诺曼底。

英格兰仍然占据着法国西南部加仑河地区（Garonne）的大片土地。这片土地的首府是波尔多（Bordeau），它是吉耶纳（Guienne）的著名省份，该省内有很多重要的大城市。吉耶纳坐落在加仑河岸，河面从这里开始变宽流向大海，因此英格兰人既可乘船也可以带领他们的军队从陆路到达这里。这里既壁垒森严又是有利的制高点，建有城堡和瞭望塔以防来自陆地一侧的袭击，水边还建有厚实的城墙和火力十足的炮台。

萨福克侯爵尽其所能召集并派遣援军支援吉耶纳，但一切都是徒劳。英格兰人被从一座村镇和城堡赶到另一座，直至最后波尔多沦陷，英军一败涂地。

此时英格兰民众已经怒不可遏。人们普遍认为萨福克侯爵是所有祸端的根源，写了很多讽刺和挖苦他的文章，他出现在大街上时伦敦民众时不时会冲他喝倒彩。这一切都预示着一场暴风雨的来临。最终，1449 年秋天，议会召开。当会议开始时，萨福克侯爵像往常一样出现在上议院。他从座位上站起来，请其他上议院议员听听民众对他日积月累的那些怨恨和愤怒的谴责，声称自己对这些加在他头上的罪行完全不知情，并让敌对者发出挑战，让他们拿出证据来支持他们的控告。

像这样无所畏惧的气势在某些情况下可能会成功击退这种快速高涨的敌意和憎恨，但在此时却似乎产生了相反的效果。萨福克侯爵在下议院的敌对者们立即接受了挑战，他们很强大，整个议院都被他们操控。他们给其他议员写信，要求逮捕并关押萨福克侯爵，他们说会立即呈上他的罪证。

上议院议员们回复说他们不能逮捕并关押他们的成员，除非有针对他的具体控告。于是下议院议员们迅速准备好了一系列控告并将其呈交给上议院。由于这些指控，上议院议员下令逮捕萨福克侯爵并将他送往伦敦塔。

在逮捕萨福克侯爵后的两个月里，他的反对者们一直忙于准备弹劾他的文案格式，收集支撑弹劾提案的证据，与此同时玛格丽特王后也在焦急地绞尽脑汁想办法救他。据说她在监狱里秘密见了萨福克侯爵，商议接下来的营救计划。他们两人都知道对侯爵来说若继续留在英格兰，想安全度过这场暴风雨是不可能的，安全脱险的唯一办法就是暂时离开英格兰一段时间。他们的计划将会在后面讲到。

最终，在 1450 年 3 月 13 日，萨福克侯爵被传唤到上议院，下议院呈上弹劾提案。提案里面有很多对他的控告——从开始提到的出于贪污等不良动机向敌国投降而使英格兰永远失去对曼恩和安茹两省的控制权，到数不尽的渎职违法行为，再到为了个人野心和一己私利牺牲国家的利益和荣誉。萨福克侯爵含糊其词地进行了自我辩护，他本来有权利要求上议院议员对他进行正式审讯，但他没有那样做——只要他心中还存有一线希望去阻止事态恶化，诉讼程序还是会持续好多天的——但是，3 月 17 日，他发现反对他的力量日益壮大，假如要求进行审讯，他根本没有机会获得赦免。他要求请国王亲自判决他的案子，他说，尽管对于那些控告他的罪行，他是完全清白的，但他愿意完全服从国王陛下的裁决①。

亨利国王回应了萨福克的请求，并通过合适的代言人在上议院宣布，他不会去判决被告有罪或清白，因为萨福克侯爵没有要求审讯，但是他认为考虑到各种情况，最好的办法是让萨福克离开英格兰。因此国王颁布了一项流放萨福克侯爵5年的法令：萨福克必须在5月1日之前离开英格兰，5年内不得踏上英格兰国土。

上议院对这一结果十分不悦，不甘心就此放手。他们对这一处理决定提出正式抗议，但他们心有余而力不足。民众也义愤填膺，他们声称萨福克侯爵决不能活着离开英格兰。在他们预料萨福克会被从伦敦塔带走送往法兰西的那一天，2000名暴民拥上街头，扬言非杀死萨福克不可。

但是王后设计出了能够让萨福克避开追踪的办法。他的一些仆人和随从被抓，他却成功逃脱，在返回他的乡村城堡仓促收拾了一番之后，他去了位于英格兰东部的伊普斯维奇小镇的海边，在那里他坐上了王后为他提前准备的

① 尽管萨福克有国王下达的诏书，民众巨大的愤怒让他确信，国王在这件事上根本不会兑现自己下的诏——国王不出现，只派其代言人宣布其决定已然证明了他的想法，不过国王的决定还是有保护萨福克的意思的——至少他没有杀萨福克，而是通过流放“曲线”救了萨福克的性命。

小船逃往法兰西。这艘船在他来到之后立刻朝着南方，前往多弗尔海峡的方向航行了。当船只正在穿过多弗尔和加来之间的海峡时，一艘名为“塔中尼古拉”的军舰突然出现，并朝着这边驶来。此时萨福克一行刚派出一只小船正登上加来海岸，去询问一下当地人是否允许萨福克在这里登陆，小船就被拦截了。与此同时，从军舰上放下来的一只小船载着几位军官登上了这艘船，他们是奉命来对船只进行彻底搜查的。自然，他们在船上找到了萨福克。随即，其中一位军官说萨福克必须随他们一起到军舰上去。

萨福克别无选择，只好服从。军舰舰长接见了他，舰长走上甲板说道：“很高兴见到你啊，叛徒!”这样的一句问候语已经清楚地表明了萨福克将要面临什么。军舰继续朝着英格兰的海岸驶去，并开始朝那边陆地上的一群人发信号。军舰在那里待了两天，不时地用这种方式交换信号，显然是在等待命令。

终于，在第三天，一只小船驶离了海岸，船上装载着处决死刑犯所需的一切：一个断头台、一把斧子或是劈刀一类的工具，还有一名行刑人。萨福克被押解在船上，之后，几乎没有任何仪式，他的头就被按在了断头台上。行刑人随即开始执行命令。然而，不知是由于船身太摇晃，工具没放稳，还是行刑人笨手笨脚，连铡五刀，这场血腥的处决才算完成。

小船随即行驶到海岸边。船上的人将身首异处的尸体随意从船上抛到沙滩上，然后离开了。

萨福克的一些朋友们听说所发生的一切后，悄悄来到了这片沙滩上。他们找到了丢弃在沙子里的两截尸体，满怀敬意和悲痛地将其重新接到一起，将遗体草草安葬了。

寺庙花园

第十二章
王子降生

萨福克死后，王后陷入了焦虑中。这一切持续威胁着王国的安定，也使王后心神不宁。1453 年，在婚后的第八或第九个年头，她生下一个儿子。这件事加重了她当前面临的困境。

为什么孩子的降临会给王后带来更大的麻烦呢？前面已经说过，约克公爵曾声称是英格兰的合法统治者，因为他是一个更为古老的皇族分支的继承人。但既然亨利已经登上王位，他便没了意图再去坚持自己的主张，因为他以为会顺理成章在亨利死后继承王位。为了使他满足于现状，玛格丽特对他处处关心，并赐予他很高的荣誉。但与此同时，她又严密地监视他，并且避免赋予他在王国任何实质性的权力以防他有能力篡位。鉴于此，她将摄政法兰西的权力交给了约克公爵。随后，王后为了派萨默塞特去法兰西摄政将他召回英格兰，然后派他去了爱尔兰。

萨福克死后，萨默塞特从法兰西返回英格兰。事实上，在萨福克被处死的时候他正好在回国的路上，因为英格兰在那里的财产已丧失殆尽。等到萨默塞特一回国，王后立即任命他为英格兰的首席大臣。英格兰民众对此表现出极大的不满——他们很可能早就想公开反叛了，但他们没有那么做，因为当时亨利身体极为虚弱，极有可能会在有子嗣前死去，这样的话，王权便会以和平方式传给约克公爵及其后人。

“我们再等等，”他们说道，“先等一小段时间。一切都会好起来的。哪怕需要再忍受这事态更久一些，也比企图在亨利死前以武力改朝换代而使得国家陷入内战的恐惧中要好。”

正是这样一种静观其变的态度暂时阻止了一场实质性的内战爆发。尽管如此，它却未能以任何方式缓解民众为战乱的到来而产生的担忧和恐惧。它同样也阻止不了那些难计其数的阴谋诡计一天天酝酿形成。这个国家被划分成了两大派系，一派是拥护约克公爵及其王族的一派，另一派是愿意追随兰开斯特家族的人。贵族们也在这场冲突中纷纷做出自己的选择，一些人公开表明立场，另一些则在暗中站队。这些贵族们不停地穿梭于各个城堡以及乡村和伦敦之间，人人自危，乱作一团。约克公爵当然是其中一方的头目和首领，而萨默塞特——作为亨利和玛格丽特的秘密顾问和行政部长，则是另一方的中坚领导者。这两位大首领对彼此都怀有不共戴天的仇恨。

混乱不堪的局面使国王和王后陷入持续的焦躁之中。

王后发现，她挖空心思地操控和经营的一切反而使自己陷入重重困境之中。可怜的国王整日为这些难题和困惑发愁，到最后，身心都受到严重影响。

最后，约克公爵没有得到政府允许便从爱尔兰穿过英吉利海峡登陆英格兰。他很快集结了一支强大的武装力量并开始穿过乡村朝伦敦进军。这使政府万分震惊。约克公爵却宣称他此举并没有敌意，他仍坚持对兰开斯特王朝的一贯忠诚。但谁也没有办法确定这是否只是一个幌子，也没人能确定他会不会随时露出真面目公开反叛。

大约正是这个时候，红玫瑰、白玫瑰被兰开斯特家族和约克家族分别选为自己的族徽，戴有两大家族任意一方的族徽，就意味着和另一方结下仇恨——无论对方是谁。据传有一次，几个贵族和朝臣正在所谓的寺观园林里散步，此时萨默塞特和沃里克狭路相逢，两人在这场冲突中分别代表敌对的一方，一人手持红玫瑰，一人手持白玫瑰。他们还提议所有同行的人也都按照个人意愿和想法摘一朵玫瑰花。由此开始，这两种颜色的玫瑰便成了这两大家族永久的族徽，以致到最后两大家族做了大量假的红玫瑰和白玫瑰花供各自阵营的士兵佩戴。

接着谈约克公爵。当人们发现他正率兵向伦敦逼近时，萨默塞特请求国王亲自率领军队去迎战约克公爵并召见他为自己的行为做出解释。国王同意了，王后也随军远征，她感到恐慌不安，十分担心国王的安全。经过一番行军和战斗，双方军队在伦敦东南部的肯特郡短兵相接。作为出了名的和平爱好者，亨利国王不具备任何好战的品质。因此，他没有袭击约克公爵，而是派信使去了解约克公爵率领如此庞大的军队来犯是什么意图，他想要干什么。

约克公爵回应称自己对国王并没有任何不良意图，他只是反对萨默塞特这个叛徒。他说如果国王能够下令逮捕并审判萨默塞特，他便会罢休并将解散他的军队。

国王得知约克公爵的目的后觉得非常为难。最后，在几位顾问大臣的建议下，他决定答应这一要求。他传令逮捕萨默塞特并通知约克公爵他已经这样做了。约克公爵随即解散了部队或者至少是遣走了军队，约定不带任何侍从到国王的营帐里拜访，以便共同协商达成永久和解的条件。

这次会面引发了一个极不寻常的场面。萨默塞特被捕后，王后似乎早已谋划好了秘密放走他的计策，还偷偷将他带到了国王的营帐内。在约克公爵即将进入营帐前，王后将萨默塞特藏到挂毯后面，为的是让他能目睹这场会面。他刚藏好，约克公爵就进来了。会谈一开始，约克公爵认真地重复了一遍他之前说过的话，即他之前所作的一切绝不是出于对国王的任何敌意，而只是不满萨默塞特。他说，他拿起武器的唯一目的就是要让萨默塞特这个大叛徒受到惩罚。

听到这番话，萨默塞特再也控制不住自己，他一下子从挂毯后冲出来。约克公爵惊呆了，国王也十分惊愕。萨默塞特开始以激烈的言辞谴责约克公爵，声称他对亨利的友好是装出来的，他进军的真正意图是篡夺王位。约克公爵回以同样激烈的抨击和威胁。在俩人持续争执的过程中，国王一直因震惊而不知所措，一言不发。最后，当约克公爵离开的时候，王后事先安置在门口的军官早已做好了逮捕他的准备。

约克公爵只坐了很短时间的牢。因为他的儿子，即后来的国王爱德华四世，在父亲被捕后立即开始召集军队前来解救他的父亲。有人认为由于其他一些原因，监禁约克公爵是很危险的，因为这个国家可能有一半以上的人都站在他那边。所以国王答应如果他愿意重新郑重发誓效忠国王，他便能获得自由。

约克公爵答应这样做。宣誓仪式在圣保罗大教堂隆重举行，他随即被释放。他离开后回到他乡下的一个城堡，一直暗自嘀咕着，威胁说一定要复仇。

大约一年后，玛格丽特的孩子出生，是个男孩。当然，这个孩子的出生极大地增加了英格兰面临的危险和困境。人们本来指望亨利死后约克家族能和平继位以解决这场争端，然而王子的降生似乎使这一希望彻底破灭。如今看来兰开斯特家族终于后继有人了。玛格丽特以及所有与兰开斯特家族息息相关的人，包括血亲和政治派别都坚决维护小王子的继承权。但约克公爵不会轻易放弃他的继承权。因此，小王子的诞生使国家陷入了新的、比原来更为严峻的紧张不安之中，奸计和反间计、密谋和反密谋成了家常便饭。战争一旦爆发，每个人都会立即选择立场或至少为决定支持哪一方做好打算。只是无人知晓这场在劫难逃的战争何时一触即发。

玛格丽特的孩子出生于一个叫“圣爱德华日”的宗教节日那天，所以他们给他起名爱德华。他出生几个月后就被封为“威尔士亲王”，在历史上他也只有这一个名号，因为他始终没能当上国王。

患病的国王

第十三章

国王患病

可怜的玛格丽特啊！

儿子的出生已经使她置身于极度危险之中，而丈夫的精神错乱，显然是更大的灾难。但是，这样的情况反而避免了一场迫在眉睫的暴风雨，她之后不得不忍受的由此引起的悲惨遭遇也因此得以暂缓。有谚语说，“快乐如女王”。但是当一个孩子的出生意味着家庭灾难，而灾难可能带来的祸端却因为孩子的父亲意外发疯得以侥幸拖延，这是对幸福多么大的讽刺啊

小爱德华出生前的好几个月里，亨利的健康状况每况愈下。他常常对自己的处境感到极度担忧焦虑，以至于整夜难眠，无法休息。最终他实在难以承受，脆弱的理智完全崩塌。王后竭尽全力向国民甚至朝廷隐瞒国王的境况。因为国王的精神失常并不表现为暴力，所以相对容易隐瞒。他处于一种昏睡状态，完全丧失了心智，几乎神志不清，这种状况更像痴呆而不是癫狂。玛格丽特把丈夫转移到了

温莎堡，并把他严密关闭起来，对外称国王病了，除了玛格丽特所信任且完全听命于她的那些人之外，其他人都没有进入过国王的房间。与此同时，她向萨默塞特和其他重要官员吐露了实情，并在他们的协助下以国王的名义继续管理着国家。在此形势下，议会和民众都感到惴惴不安。约克公爵正在策划谋反，大家都在忐忑不安地等待接下来会发生什么。

爱德华出生两个月后，教会最高级别的人物坎特伯雷大主教逝世了。按照惯例，这一事件赋予上议院权力派遣代表团与国王共同吊唁，并就当下应采取的措施征求国王意见。在古老习俗权威的授权下，该委员会来到了温莎堡。此时已无人敢把他们拒之门外，因为那时英格兰的传统规矩甚至超越了法律的效力。他们发现国王无助地躺着，失去了意识，他们所说的话得不到任何回应，也没有任何迹象表明国王头脑里仍残存丝毫智慧的火花。

委员会向上议院报告了实情。得知国王病入膏肓，约克公爵一派考虑再三，权衡利弊后决定暂缓行事，静观其变。国王极有可能不久于人世。当然，他尚在襁褓中的儿子的性命也相当岌岌可危，很可能受到牵连。倘若如此，约克公爵会立刻毫不费力地继承王位。因此，某种妥协得以达成。议会任命约克公爵在国王卧病期间担任英格兰的摄政王和守卫者，直到年幼的爱德华王子成长到能够接管政府的适当年龄为止。正是在这一时期，小爱德华获封“威尔士亲王”。授予这一头衔经过了议会上、下两院的确认。因此，议会郑重宣布，尽管约克公爵将在国王卧病以及爱德华年幼时期行使国家管理权，爱德华仍将是这个王国的合法继承人。如果万一国王在王子成年后仍在世，爱德华将作为摄政王掌握最高权力；倘若国王在过渡时期不幸驾崩，爱德华则将继承王位。

约克公爵和他的朋友们都同意这一安排，他们在心中祈祷王子不会有成年的那天，最好快些和他的父亲双双死去。约克公爵认为，既然决定等待，那么如何在这段时间里独揽大权才是目前的头等大事。

玛格丽特王后对这一安排极其不满，因为约克公爵成了摄政王，她自然而然被剥夺了一切权力。但她无法也无心阻止这一安排，因为，孩子的出生激发了她的母性本能，照顾襁褓中的婴儿让她暂时无心参与政治斗争。

议会在封约克公爵为摄政王并以此剥夺了王后几乎所有权力的同时，决定给予玛格丽特丰厚的俸禄。除此之外，还为维持他们母子的尊严和为小王子的教育提供了慷慨的资金保障。其中一项措施是，任命五名医生组成的委员会照管王子的健康。这样她就能和儿子过上与她身份及意愿相匹配的生活。毫无疑问，他们这么做的一个动机是要诱导她默许这一改变并安分地待在议会给她的位置上。

正因为玛格丽特相信这一切痛苦都将是短暂的，所以她愈发容易被说服默许这些安排。她深信丈夫会恢复过来，约克公爵的摄政统治也会中止，而她自己会再度掌权。因此，她决定等待时机。

从伦敦退下来后，玛格丽特在她格林尼治的宫殿内建立了自己的朝廷。在宫殿内她临朝听政，生活极其奢华，俨然一副当朝王后的架势。她一直钟爱的萨默塞特起初是她朝廷里的要官，但约克公爵摄政后所做的头几件事之一就是下令逮捕他。执行命令的官员就在王后的接见厅里逮捕了萨默塞特。对此举玛格丽特怒火中烧，宣称这种行为不仅是在政治上和她作对，而且是对她的羞辱。然而她却无力回天，因为约克公爵大权在握，她也只能被迫屈服。

但是玛格丽特不需要在这个羞辱的位置上待多久。她得到了最好的治疗意见，精心照料卧病的丈夫，为丈夫付出了千辛万苦。最终，看见丈夫慢慢开始苏醒，玛格丽特心满意足。亨利从 11 月开始渐渐恢复意识，这距他首次陷入昏迷已经过去了八九个月。最终恢复意识时，他说他似乎刚从一个漫长的梦中醒来。

看到亨利有好转的迹象，她喜出望外，她一直想让丈夫看看他们的儿子，她渴望那一刻的到来。因为亨利还从没有见过自己的儿子。

以下是小王子第一次被带到国王面前时关于国王言行的历史记录：

周一下午，王后带着王子殿下来看国王。国王问王子叫什么，王后告诉他叫爱德华。随后，国王举起双手感谢上帝。

国王说在此之前他一直不知道小王子是谁，

听不懂别人说的话，不知道自己身在何处。国王还询问了王子的教父是谁。王后告诉了国王，国王听了很满意。王后告知国王红衣主教死了，国王说他之前不知道这件事，接着叹息道这个国家最睿智的主教死了。

在主显节次日，温彻斯特的主教和耶路撒冷的圣约翰主教陪着国王，国王像之前一样跟他们说话，他们出来后都喜极而泣。国王说他对全天下的人都仁慈，他希望所有的贵族也能善待全天下人。接着国王做了晨祷和晚诵，虔诚地聆听着弥撒。

国王身体勉强恢复，王后便差人将他送到上议院，坐上王位重新行使王权，实施统治。摄政时期结束，约克公爵愤愤不平地离开伦敦，去往乡下。

当然，王后也重新掌权。她掌权后的第一件事就是把萨默塞特从监牢中释放出来，重新任命他为王国的首相。

小王子和他的天鹅徽章

第十四章

苦恼与动乱

此后的大约六年间，也就是玛格丽特 24 岁到 30 岁时，她的生活一直被焦虑、纷争、恐慌所笼罩。约克公爵及其党羽不断制造麻烦。一边是约克公爵、沃里克伯爵以及支持他们的贵族们，另一边是萨默塞特公爵和兰开斯特家族支持下的王后，他们之间的争端使国家深陷动荡不安中。争端以阴谋诡计、军事行动、秘密计划激烈的辩论等各种各样的形式存在，甚至有时会发展成公开的战争。为了迎战并攻克约克公爵在其乡间城堡或开阔的地带不断集结的军队，玛格丽特跟随她可怜无助的丈夫来到军营——她不得不把孩子交给保姆或者卫士看管。

在这期间，国王的身体虚弱不堪。有时他竟表现得像一个无助的小孩。国王家族有遗传性精神分裂症，这使他的身体状况更不容乐观。

玛格丽特王后花了很大工夫为国王排遣烦恼，让他专心从事一些舒缓情绪、放松心情的事情。在乡村巡游时王后请乐师为国王弹唱。为了源源不断地为国王提供这些歌唱演员，同时让演员们能够提高他们的技艺，王后对全国各个地方官员发布指令，要求他们寻找模样俊俏且嗓音好听的男孩接受音乐艺术的培训，以便能够随时准备应诏到国王面前表演。培训期间男孩子们会得到丰厚的报酬，同时，这些男孩由王后掌管。

玛格丽特和国王的朋友们还挖空心思想出很多其他办法让国王开心，其中有些方法纯属欺骗。比如有一个方法是让许多贵族和绅士面见国王，请求国王准许他们去不同国家的圣地朝圣，去还愿、供奉祭品，祈福祷告让国王恢复健康。国王心底里非常虔诚，他以前的大部分心思放在了宗教事务上，特别是宗教仪式、典礼和习俗。想象着他的朋友们不远万里朝圣为他祈福，国王心里感到非常欣慰。

他们庄重地跟国王告别，好像真要去似的。然后在国王面前消失一段时间，直到这个可怜的病人忘记了他们的请求。

但是，据说有一个善良的贵族诺福克公爵，真的以“善心公爵”之名号亲自去耶路撒冷朝圣并在圣墓里为国王的健康祈祷。

还有一个方法是他们时不时对国王说，只要找到或炼出魔法石就将得到一笔用不完的财富。他们以此逗国王开心。魔法石是当时最神秘诱人的传说，炼金术士们都企图拥有它。有了它，就可以将铅、铁等金属全变成黄金。皇家实验室和炼金术士一直致力于对它的研究。王后经常向国王汇报实验的进展情况，并且不断给国王带来喜讯，说实验就快要成功了，财政部不久就能如国王所愿拥有许多财富。可怜的国王深信这些善意的谎言，听到这些谎言他感到非常开心和欣慰。

有一段时间，国王身体恢复得相当好，毕竟这种病是间歇性的。这使约克公爵大为不悦，他摄政王的身份被取消，尤其当他发现王后恢复权力后便释放了他之前囚禁的死对头萨默塞特，还重新任命萨默塞特为首相时，他暗下决心决不会忍受这样的屈辱，并付诸行动：威尔士边境有他的重要堡垒，他在那里组建了一支军队，蓄势待发。因此，王后领导的政府决定发动战争打击他。

萨默塞特和王后带着国王，指挥军队从伦敦出发，向西北挺进。他们经停的第一站是圣奥尔本斯小镇。他们正打算从圣奥尔本斯继续行军时，看到面前的小山丘上布满了武装分子——这是约克公爵率领的向首都进发的军队。萨默塞特的军队马上撤回小镇。玛格丽特一时感到既苦恼又沮丧，不知道此时是应该对丈夫尽一个妻子的责任还是对孩子尽一个母亲的责任。她最终决定带小王子退回格林尼治，在那儿等待战果，留下萨默塞特与国王留守抗敌。

不久，约克公爵派来使到圣奥尔本斯城门要求和谈。他们故伎重施，说约克公爵并没有对国王举兵，他反对的只是萨默塞特。并依旧表示拥戴忠于亨利本人。由于萨默塞特任首相期间政治腐败，背信弃义，所以他只是想把国王从危险的境况中解救出来。约克公爵承诺如果国王把萨默塞特交出来给他，他马上解散自己的军队，难题将迎刃而解。

对于约克公爵的请求，国王宣称自己宁愿丢弃王位和性命也不会交出萨默塞特公爵或手下的任何一名战士。约克公爵得到回复后即刻前行袭击小镇。一开始国王的部队成功守住了城墙和城门，但最终沃里克伯爵还是成功攻入小镇——沃里克伯爵此时是约克公爵的重要盟友和支持者。他派强军从另一条道绕过小山，穿过花园，把矗在花园和城镇区之间的城墙拆掉后进入小镇。随后，在镇上的大街小巷上展开了激烈的战斗，围困的人们不再注意城墙和城门了，于是约克公爵也成功打入城内。

亨利国王的军队很快便溃不成军，萨默塞特公爵和其他几个知名贵族在战争中殒命。国王本人也中箭负伤。当时他正站在旗帜下面，身旁本来还围着一群官员侍从，但当他们看到战事对国王不利时竟纷纷落荒而逃，扔下受伤的国王一人站在旗子旁边。国王就这样静静地待了一会儿后走进附近一家店铺，约克公爵很快发现了他。

公爵走到国王跟前立马跪下，表示他对国王的臣服，同时说道："叛军已死，再无后患。"国王说："那么，看在上帝的分上，赶快离开，不要继续屠杀我的臣民了。"

公爵当即下令停止战斗。他牵着国王的手，将其送至圣奥尔本斯大教堂安顿下来，这是一个令人敬畏的圣地，在当时赫赫有名。第二天他护送国王回伦敦，表面上他对国王毕恭毕敬、绝对服从，但其实国王成了他的俘虏。

可怜的玛格丽特王后这段时间一直都待在格林尼治，心神不宁地等待着战争的音信。当她听说自己一方一败涂地、国王受伤且落入她最憎恶的敌人之手时，她几近绝望。一段时间里她都精神恍惚，好像一切全都完了，再继续拼下去也于事无补。但她最终还是重新振作起来了，开始重新思考接下来该怎么办。然而对她而言，前景似乎愈加晦暗。国王经受此番刺激，再加上难以愈合的伤口导致他旧病复发。约克公爵似乎考虑到即位的时机尚未成熟，他很得意地将国王目前的状况向议会做了汇报，以便争取议会重新任命他为摄政王。这样，他再度掌权。得势后的约克公爵将国王交还给王后照顾，并将他们和小王子送到了乡下。

选择玫瑰

第十五章 玛格丽特逃亡

1459 年夏天，两大家族花了很长时间组织起两支强大的军队，军队集结在英格兰的中心地带斯坦福德郡的布罗希斯（Blore Heath），大战一触即发。大战期间，亨利卧病于科尔希尔小镇，奄奄一息，小镇离布罗希斯战场不远。而玛格丽特王后此时在马克斯顿——这是离布罗希斯战场很近的另一个村庄，她在马克斯顿的教堂塔上观察战况。索尔兹伯里率领着约克家族的军队走在前头。玛格丽特的军队由奥德利（Audley）勋爵指挥，他离开王后率军奔赴战场前，玛格丽特严肃地命令他坚决捉拿索尔兹伯里，活要见人死要见尸。

奥德利勋爵麾下有一万人马，士兵们都佩戴着代表兰开斯特家族的红玫瑰徽章。军官们则在军服上佩戴着爱德华王子赐予的那种银色小天鹅徽章。

玛格丽特怀着极度紧张的心情关注着战况。她很快意识到战情愈发不利，她密切注视着奥德利的军旗，最后，目睹军旗倒下的她意识到大势已去，急忙从塔上下来，在几位朋友的陪同下仓皇逃命，躲到不远处朋友的大本营那儿去了。

为了避免沦为阶下囚，国王也要离开科尔希尔镇。但是，他身体太虚弱，侍从用担架前来抬他离开时，他看了看来人，有气无力地问："谁得势了？"除此之外，对于外界正在发生的大事，他没有表现出丝毫兴趣。

然而这次战争的失利非但没有让玛格丽特气馁和沮丧，反而激起了她新的活力和决心。以前遇到困难时她多少有些胆怯害怕。但现在她有了儿子，母性的本能似乎在她的际遇中起作用了，就像很多其他母亲一样，为了保护她的孩子不受伤害并维护他的地位，她变得无所畏惧，不顾一切，甚至有些凶残。玛格丽特以极大的热情和高昂的斗志迅速组织起一支军队，她不相信任何将军能指挥好这支军队，就亲自挂帅指挥所有的军事行动。这里就不详细描述接下来的战役了，大约正是应了"哀兵必胜"这一说法，总之结果是玛格丽特军队大获全胜，而她的敌人则大败而归。两大首领约克公爵和沃里克伯爵被驱逐出英格兰，约克公爵退回爱尔兰，沃里克伯爵穿过多佛海峡逃往法国加莱——当时加莱隶属于英格兰，是一个强大的海军基地。然而此后不久，沃里克卷土重来，他带着在加莱组织的大部队在英格兰南部登陆。他一路所向披靡，势如破竹，直逼伦敦。这次轮到他的一派获胜了。冥冥之中有一个奇怪的定律在发挥作用，它似乎掌控着所有国家所有时代敌对政党的起落兴衰，胜利像钟摆那样有规律地在他们之间来回摆动。短短一年前公众舆论还是强烈支持玛格丽特王后一派的，而现在大家全都倒戈支持她的对手。当沃里克从沿海一路北上来到伦敦时，所有人都拥到他的旗下。在伦敦，民众敞开城门迎接沃里克的军队，仿佛他们盼来了救星。

沃里克没有在伦敦久留，而是北上迎战玛格丽特王后的军队，又一场大战在北安普敦打响。结果可怜的国王再度被俘虏，被敌人扬扬得意地带回伦敦。沃里克命手下对国王悉心照顾，尊重有加，因为他明确表示，国王不是他们的仇敌或人犯，而是他们从卖国贼和敌人手里夺回的君主。还没有到约克家族公开表明他们意欲罢免国王的时候，因此他们把国王送到伦敦，安置在一处宫殿中，虽然住的地方金碧辉煌，很有皇家气派，但国王的自由受到极大限制。

约克公爵借国王的名义召开议会，当然只要求国王在一些法令和重要文件上签名，议会直到十月才召开。在这期间，国王临时住在伦敦附近乡下的一个地方。在那里，大家都尽可能地让他过得舒服些，给他安排狩猎，用其他一些户外娱乐活动来逗他开心，但同时始终对他严加监视，防止他逃跑或者被王后的朋友偷偷救走。至于王后和小王子呢，没人知道他们的近况。

议会召开时，上议院出现了一幕非常独特的场面——约克公爵成了这里的主角，这引起了很大的轰动。此前他尚未代表自己的家族一脉正式提出自己对王位继承权的主张，而只是声称，自己参加战争和国王军队对抗并不是成心与国王作对，而是为了解救国王，使他摆脱身边恶人的影响。

但现在，约克公爵的胆子似乎越来越大了。议会召开时，他带领由500名骑兵组成的护卫队，佩戴“尚方宝剑”进入伦敦，其排场之大，好像他就是英格兰地位最高的人物一样。他骑着马径直抵达威斯敏斯特大教堂，他让大队人马停在上议院议员们聚集的大厅门前，自己威风凛凛走进了大厅。

约克公爵直接穿过大厅，向高台一端的王座走去。他一步一步走上高台，来到王座旁，所有人都神情严肃地注视着他，看看他想做什么。一些人以为他要坐上王座，当场篡位成为真正合法的英格兰君主。然而，他却没有这样做。他在王座旁站了几分钟，把手放在覆盖着王座的深红色布帘上，似乎在犹豫要不要坐上去，抑或在等待他的拥护者们向他暗示，他登基为王是民心所向。但几分钟过去了，谁都没有说一句话。终于，坎特伯雷大主教——这位在某些方面可以说是上议院中最有权威的人物发声了，他问约克公爵是否愿意去拜见国王，国王此时就在附近的公寓里。约克公爵傲慢地回绝道：“在英格兰，我还不知道有哪个人能有这么大的面子，居然不来拜见我却让我去拜见他。”

然后，他便转过身，趾高气扬地离开了上议院。

约克公爵因此没能真正登基为王，但很明显，离他公开声称自己享有王位继承权的日子不远了。一些贵族认为亨利可能会被诱导着和平禅位给约克公爵。这些人就这个问题咨询了亨利，问他认为他自己和约克公爵之间谁更有王位继承权。

亨利回答道："我的父亲是国王，我的祖父也是国王，我自己在摇篮时期就是国王，在位 40 年了。你们所有人都视我为王，发誓效忠我，你们的父辈们也同样发誓效忠我的父亲和祖父。那么，你们当中怎么能有人对我的王位继承权有异议呢？"

经过一系列的协商与谈判，议会最终做出的决定是：约克公爵和他的子嗣确实有资格继承皇位。但是，采取折中方案，必须在亨利死后继承权才能转移到他们手中。只要亨利活着，亨利就一直是名义上的国王，而约克公爵将作为摄政王统治国家，亨利国王一去世，皇位即传给约克公爵。

公爵对此协议很满意，为了确保万无一失，他第一件要做的事就是控制住亨利国王和小王子。因为他很清楚，即使他推翻了老国王并登上王位，如果不抓到小王子和他的妈妈，他的国王宝座也坐不安稳。

所以他想到一个办法——诱导国王签署一份诏书，命令王后带着王子回到伦敦。这份诏书要求王后立即执行，如若违背，按叛国罪论处。

将士们被派遣到四面八方去寻找王后，让她按照诏书上说的做，但是哪里也找不到她。

谋杀

第十六章

玛格丽特取得胜利

这时的玛格丽特带着小王子正在逃亡的路上，途中，只有八个人伴她左右，在荒蛮、不受法律约束的乡村，他们丝毫没有防御能力。据说他们一行人在去威尔士的路上遭遇劫匪，王后的所有珠宝和其他贵重物品被洗劫一空。她和小王子也差一点沦为囚犯被押送到伦敦，幸好当时劫匪只顾着抢夺财物，王后趁机设法逃走了。

她在威尔士短暂停留后，坐船到达苏格兰，在这里，她的一派和她本人都有势力强大的朋友。在朋友的帮助以及她个人表现出的不屈不挠的精神和决心的感召下，不久后她便得到一支新的军队。她率领这支军队，越过苏格兰边境到达英格兰。所到之处，似乎每一个地方的民众都同情她的不幸遭遇。她与逆境抗争，冒着可怕的危险去捍卫自己丈夫和孩子的权利，在这过程中她有干劲、有胆量的作风深深打动了民众，他们从四面八方聚集到她的旗下。因此，在伦敦传来投降令八天后，她率领着一支势不可当的军队出现在约克市附近。约克是整个英格兰北部最大、最坚不可摧的城市。

约克公爵在伦敦接到这个情报时感到非常震惊。现在的情形不容他耽搁，约克公爵立即出动他管辖下的所有军队，向北行进去直面王后。同时，他给他本派系内部分布在英格兰各地的其他首领传达命令，让他们迅速向北方行进与他会合。

约克公爵本人首先到达了王后军队的附近，面对王后率领的比他强大得多的人马，他认为自己军队的力量不足以与王后的军队抗衡，因此他决定等待援军的到达。两军在韦克菲尔德镇附近相遇，在这里的短暂停留期间，王后不断挑战公爵希望其走出城墙和防御工事与她一战，不久，一场大战在此爆发。玛格丽特的军队赢得了胜利。公爵5000人的军队中有2000人死在了战场上，公爵本人也丧了命！

当玛格丽特王后得知她的宿敌终于毙命后欣喜若狂。她兴奋得几乎不能自已。她的派系中有一个贵族叫克里福德勋爵，其父在之前的一场非常惨烈的战役中丧生。正是这位克里福德勋爵砍掉了约克公爵的头，挑在矛尖上呈献给了玛格丽特王后。一开始王后被这可怖的场景吓坏了，把头转到了一边，但是随后她下令把公爵的头挂到约克城墙的一根竿子上示众。

约克公爵一个年幼的儿子——12岁的拉特兰伯爵，在战斗结束后，他在家庭教师的护送下奋力逃到了一个城堡附近，那里对他来说本是安全的。那个城堡是山得尔城堡，在约克公爵派系的领地内，是一个易守难攻的堡垒。然而，尽管他的家庭教师竭力营救他，这个可怜的男孩还是被冷酷的克里福德勋爵无情地砍死了。

在战斗即将结束时，还发生了其他许多残忍的杀戮。索尔兹伯里伯爵被斩首，他的首级挂在约克城墙上的矛尖上，紧挨着约克公爵的头。大获全胜的玛格丽特百感交集：她的军队取得了胜利，那个多年来一直让她恐惧和痛苦的敌人及其党羽也终于被除掉了，现在没有什么能阻止她奏凯而归，去伦敦解救她被囚禁的丈夫，完全夺回那不可争辩的王权了。从目前的情形来看，她的处境简直是完美的。

处罚

第十七章

玛格丽特遭流放

尽管韦克菲尔德战役后，玛格丽特前景光明，但短短几个月后，她又陷入了最黑暗无望的境地。韦克菲尔德战役和约克公爵之死发生在1460年接近12月末的时候。仅仅三个月后，玛格丽特就被王国的最高权力机构宣布流放国外，同时还有一条禁令——禁止所有英格兰人与她有任何来往。

韦克菲尔德战役后，玛格丽特和她军队的残酷暴行使人们从心底里对她产生了反感，这在很大程度上导致了这一致命的结果。对他们这些行径的传言在全国传播蔓延开来，引起了普遍的憎恶和痛恨。据传，克里福德勋爵用长矛挑着约克公爵的人头来见玛格丽特时，身后跟着一群骑士和贵族，他们对玛格丽特说："王后，看！战争结束了！这是救国王的赎金！"那些在旁边站着的人们先是发出一阵欣喜若狂的呼喊，然后便嘲弄地指着那可怕的人头。他们给那人的头戴了一顶纸糊的王冠，似乎是想制造出一些喜剧效果来。尽管王后刚开始扭过脸去，但很快她又转身直视那可怕的战利品，并和其他人一起在纸王冠所产生的滑稽效果中嬉笑。

约克公爵的小儿子只是一个无辜的孩子，却也被杀害了。这事在全国引起了极大的轰动。或许王后并没有指使这一行径，但她表扬了这一行径并且对其结果表现得颇为满意，人们便认为她也是同谋。人们恨玛格丽特，不光因为她将手下败将的家人赶尽杀绝，还因为另一件事，即她在下令把约克公爵和索尔兹伯里伯爵的人头挂在城墙上后，她说在这两个人头之间还应留出两颗人头的位置，其中一个就是留给约克公爵的长子爱德华的。爱德华因没有参加韦克菲尔德战役而幸免于难，当然，他已经继承了他父亲的头衔及权力。

当时爱德华大概 19 岁，是一个精力充沛的年轻人。之前他的头衔一直是马奇伯爵，如今他本应是约克公爵了，但他只认自己是英格兰国王。一直以来，追随他父亲的一派都很支持他，理所当然地，现在这帮人都来效忠他了。并以加倍的热诚拥护他为王，因为王后残酷的行径激起了他们的憎恨，唤醒了他们复仇的渴望。父亲去世时，爱德华在英格兰西部，听到消息后，立马调动了他管辖下的所有军队，向海岸方向行军以拦截准备向伦敦进发的玛格丽特。

同时沃里克伯爵带着一直软禁在伦敦的国王，从伦敦向北行军迎战王后。沃里克的军队和王后的军队在离圣奥尔本斯不远的地方交火，展开了一场激烈的战斗，那时小约克公爵（为了与死去的约克公爵区分开来，便于阅读，以下我们将承袭爵位的爱德华称为小约克公爵）还没赶到。沃里克伯爵的部队主要由驻守伦敦的战士组成，匆忙之中组织起来的他们，可敌不过玛格丽特从苏格兰前线带来的作战经验丰富、体格健壮的战士。沃里克伯爵大败，他麾下战士们白天一直坚持战斗，但是到了晚上就四散到各处了——他们在混乱中仓皇逃命，丢弃了可怜的国王。

战斗期间，玛格丽特并不知道她的丈夫也在战场上。但到了晚上，看守亨利的人刚一把他丢下，和他在一起的忠诚侍从就立刻跑进玛格丽特的帐篷里，找到了在那里指挥作战的一名贵族，把国王目前的境况告诉了他。这位贵族立即通知了王后。王后听到消息欣喜若狂，立即奔向丈夫的所在地。相见的那一刻，他们深情地拥抱在一起，喜极而泣。

玛格丽特把小王子带到了国王面前，随后他们一起向圣奥尔本斯的修道院行进，修道院里有给他们提供的住所。然而，他们先去了教堂，为了公开地为国王的解救做感恩祷告。

修道院院长和修道士们在教堂门口迎接了他们，在他们到来的同时，修道士们唱起了赞美与感恩的颂歌以示欢迎。仪式完毕之后，他们来到了修道院为他们提供的住所内，想要寻求几日的安宁与休息。与此同时，席卷全国的骚乱仍在持续扩大。王后近期又接连不断实施残酷的暴行，她下令处决落在她手里的所有敌方的主要首领，她没有对军队一路的掠夺加以遏制，导致失去了民心；并且，为了筹集军饷，她要么强征路过的城镇，要么以罚金和没收充公的形式搜刮乡镇民众的财物。

玛格丽特的高压手段，以及她的所作所为中所展现的疯狂暴戾终于激怒了人民，使得人们聚集在一起拥护年轻的小约克公爵。小约克公爵分散的军队重新聚集起来。他们很快便组成了声势浩大的威武之师，玛格丽特认为她最好带上丈夫和儿子再次向北方撤退。

同时，小约克公爵日夜兼程向着伦敦挺进。整座城市的居民因他的到来而激动不已。市民们召开了盛大的会议，公开宣布亨利不应再继续掌权，他们将拥戴小约克公爵为王。

当小约克公爵抵达伦敦时，全市的民众都出来热情迎接他，视他为救星。贵族和高位神职人员召开了一次严肃的会议。经过慎重的商议后，他们废黜了亨利，宣布小约克公爵为新的国王即爱德华四世。

大会召开两天后，伦敦城举行了一场盛大的游行，小约克公爵骑着马威武地行走在游行队伍的最前面，向着威斯敏斯特前进，登上了王座。

为了夺回属于她家族的财富，玛格丽特在一个叫陶顿的地方又一次背水一战。这场战斗在暴风雪中展开，当天的天气十分糟糕。玛格丽特的军队全军覆没，将近3万人在战斗中丧生。

玛格丽特一知悉战役结果，就又带着丈夫、儿子及一小队侍从逃往北方。她在阿尼克的城堡做了短暂的停留——这座城堡是她一个朋友的大本营。但是，玛格丽特发现反对她的军队正不断壮大并向她逼近，整个国家也越来越倾向于效忠新的国王，她认为待在英格兰对她来说已经不再安全了。

因此，玛格丽特一行离开了阿尼克，穿过边境线进入苏格兰，逃亡异地，背井离乡，他们重回英格兰的希望十分渺茫。

玛格丽特的表兄路易十一

第十八章
皇室表兄

玛格丽特丝毫没有因为她所遭受的不幸而一蹶不振。这个坚强的女人一逃到苏格兰，就立刻开始采取措施，重新举兵，准备再次攻入英格兰，以期夺回她丈夫的王位。因为她知道在英格兰仍有许多贵族和民众忠于她丈夫的事业，无论何时何地，只要亨利六世的旗帜出现，他们都会集结在军旗之下。她所需要的只是一支精锐部队并能够较为顺利地进入英格兰。许多骑士、贵族和民众都已经做好了准备，只要玛格丽特王后一出现，他们就会立刻加入她的阵营。为了加强她与苏格兰皇室之间的利益关系，她采取了许多措施。其中一项就是为年仅七岁的小王子和苏格兰的小公主商定婚约。她成功地促成了这桩有附加条件的婚约。但她发现她无法为第二次攻入英格兰集结起军队。在同一时期，她已经派遣了三位贵族作为她的信使前往法兰西，去看看法兰西那边能做些什么。法兰西是她的故乡，当时的国王查尔斯七世是她的姑父。因此，她有足够的理由相信她可以得到法兰西的同情与帮助。然而夏末之时，她收到了在迪耶普的两位信使发来的信件，这封信的内容让她大失所望。

据信使所言，他们之前已经给玛格丽特写过三封信了。一封是通过一艘名叫卡维尔的返航船只捎去的，也就是他们当时来法兰西时乘坐的那艘船。另外两封则是从他们当时的所在地迪耶普发出的。但所有的信件都是为了传递一则噩耗——查尔斯七世，也就是她的姑父去世了，她的表兄继承了王位，史称路易十一。可是新国王似乎一点也不看好她的事业。他在迪耶普的官员拦截了信使们所有的信件，并把这些信件呈交给了他。他还把其中一名信使关在了位于迪耶普附近的阿克斯城堡里。他显然没能将另外两位信使关押起来，因为这两位信使曾被授予了安全通行证，这个安全通行证保护了他们。

此外，写信件的人告诉王后，希望她能保持勇气，并建议她暂且按兵不动。他们叮嘱她千万不要拿自己和小王子的性命去冒险，除非她发现继续待在苏格兰将会使她处于极大的危险境地中，否则不要出海前往法兰西。他们希望她也能告知当时可能藏身于威尔士的亨利国王，因为他们听说马奇伯爵（他们不愿称爱德华四世为英格兰国王，就仍用原名来指代他）正准备带兵去威尔士找亨利。

他们说，总之，只要一恢复自由，他们就会立刻回到苏格兰去找王后。除了死亡没有什么能够阻止他们重新回到她的身边。同时他们虔诚地希望并且相信，在满意地看到她的丈夫和她再一次和平地掌管王国前，他们不会死去。

这封信的原文是一个很好的样本，展示了那一时期英语写作的形式，尽管这在现在看来似乎是古怪且过时的。信件原文如下：

尊贵的王后，呈上。

自来到此地，我们已经给陛下您写过三封信；一封是在我们来时乘坐的小帆船上，另外两封是在迪耶普（法国北部港市）。但王后，这几封信其实皆旨告知您一个噩耗，您的姑父已入土为安的消息以及我们遭到拘禁，现在仍被关押的消息。但在下星期二，我们将要去拜见国王，即您的表兄。在我们第一次滞留期间，他的军需官夺走了我们所有的信件和文书，并把它们呈交给了国王，随即萨默塞特公爵被关在阿克斯城堡，而我与我的同伴惠特曼则被困在迪耶普市小镇（因为我们有安全通行证），我们如今还在此地。

尊贵的王后，切勿害怕，毋庸担忧，谨记在未得到我们其他消息之前，您和王子殿下都不要冒险出海上路，除非您本人对自己的处境没有把握，或者情况极其紧急，迫使你们不得不冒险。

此外，请您务必也以此谏言国王殿下，因为，据我们所悉，马奇伯爵现在已由陆路抵达威尔士，并已派遣海军驻扎在那里。

再者，尊贵的王后，请您慎思，我们一旦获释就会即刻去找您，除非死神将我们带走，但我们相信，在没有见到国王和您安全回到王国之前，死神是不会将我们带走的；我们祈求上帝能够让我们再次相见，并赐福您心想事成。1461 年 8 月 30 日，书于迪耶普。您忠诚的臣子们。亨格·福德和惠特曼。

在苏格兰的整个冬天，玛格丽特一直急于想方设法改变她不幸的命运。但她一无所获，希望的曙光照射不到她的身上。最后，开春的时候，她才下定决心只身前往法兰西去见国王，即她的表兄，希望她的现身以及她对国王的个人影响力能让事情有所转机。

路易十一是玛格丽特孩提时的玩伴。他的母亲是玛丽王后，也就是玛格丽特父亲勒内的姐姐。玛丽和勒内的关系非常亲密，所以他们的孩子们也是一起长大的。玛格丽特希望在这次的会面中，她身处绝境、孤立无援的处境能唤起表兄昔日跟她的友谊，并愿意助她一臂之力。然而，她当时身无分文，要不是一位法兰西商人好心资助，她将很难筹到前往法兰西的盘缠。这位商人住在苏格兰，前些年玛格丽特在位于洛林的南锡与他结识，并给过他一些帮助。这位商人从他往来于苏格兰和佛兰德斯之间的贸易中赚了一大笔钱。他发迹以后并没有忘记前些年王后给予他的帮助，况且她现在有难，财物匮乏，所以他立刻前来帮她解围。他给她提供了法兰西之行的必备财物，并且还提供了一艘船来护送她和她的随从抵达法兰西海岸。玛格丽特的队伍从柯尔库布里港，即苏格兰西海岸出发，一路南下经过爱尔兰海、圣乔治海峡，这样一来就不用经过多佛尔海峡，因为在那里她可能会遭到英格兰军舰的拦截。

她把小王子带在身边。她认为国王最好还是暂且留在威尔士。

因为有太多的人要靠王后养活，他们的需求也太过迫切，所以当玛格丽特抵达法兰西时，那位商人给她的资金也用完了。并且，她发现她的三个朋友，即去年夏天她派到法兰西去的三位贵族已经离开前往苏格兰去寻找她了——就是他们给玛格丽特写的信。他们本打算带着王后离开苏格兰并护送她到一个安全之地，所以他们买了一艘船，但他们却浑然不知玛格丽特已只身前往法兰西。

他们到达苏格兰后，在海岸边徘徊了很久，努力寻找合适的时机与玛格丽特秘密联络，但最终他们了解到玛格丽特已经离开了。与此同时，玛格丽特到达法兰西后，首先踏上了布列塔尼公爵的领地。她向布列塔尼公爵借了一笔钱，一部分用于解决她一行人的燃眉之急，一部分用于安排她到诺曼底镇的旅程。她的表兄路易十一，当时就住在那儿。

据说，玛格丽特一到达皇宫并得到面见国王的许可后，就手牵着小王子跪在表兄的脚下，流着泪恳求他可怜她现在凄凉落魄的处境和她那不幸的丈夫，请求他在她努力夺回她丈夫的王位时助她一臂之力。但是，路易十一浑身散发着王室那种着实冷酷无情的气息，对表妹的不幸遭遇无动于衷，而且表明自己没有任何支持她的意愿。

但是，经过几番协商之后，路易十一最终答应玛格丽特借给她一笔钱，但前提是她要把加莱的港口和城镇移交给他。加莱当时属于英格兰，对于英格兰来说，这是一个非常重要且价值连城的领地。她若不同意这一条件，就双倍偿还借款。

这样一来，加莱并不是绝对卖给了法兰西，而只是暂时的抵押。然而，当这项交易传到英格兰时，激起了英格兰民众的极大愤慨，这严重影响了玛格丽特的复位事业。人们指责她准备把皇家这些用鲜血及无数珍宝才获得的属地拱手相让。

当然，路易十一是否能拿回他的借款有很大的不确定性。虽然玛格丽特是以亨利六世的名义抵押加莱，并且明确表明是亨利授权她这样做的，但是既然目前约克的爱德华统治着英格兰，并被公认为合法的英格兰国王，那加莱抵押贷款便没有任何效力。只有玛格丽特成功帮她丈夫复辟，加莱抵押贷款才可以生效。她签署的契约规定：只要亨利国王恢复王位，他就能提名任命法兰西国王信任的两人中的一人担任加莱的总督。假如玛格丽特没有在契约规定的时间内双倍偿还借款，这位长官就有权在一年内把加莱交给法国。

考虑到所承担的巨大风险，路易十一似乎并不认为百分之百的年利率是离谱的高利贷。

第十九章 返回英格兰

玛格丽特在法国找到了一个朋友。似乎是出于诚恳而无私的爱，他支持她的事业。他是一位名叫皮埃尔·德·布雷泽（Pierre de Brezé）的骑士，是诺曼底政府中的高级军官，也是当时杰出人士中非常有影响力的一个人物。

玛格丽特早在多年前就认识了布雷泽。当时他是法国方面的专员之一，与萨福克和其他人一同参与了就玛格丽特的婚姻条件进行的谈判。在玛格丽特离开祖国之前，他在骑士比武大会和其他为庆祝玛格丽特婚礼举办的活动中都表现得非常出色。当他看到这位可怜的王后颠沛流离，失去了朋友、财产以及几乎所有的希望时，他从前对她的兴趣又被重新唤起了。据说他爱上了她，虽说只是猜测，无论如何，布雷泽带着极大的热情立即开始为玛格丽特王后效力。他带来了一支 2000 人的军队。有了这支军队的支持和路易十一的贷款，玛格丽特决定再背水一战以图夺回丈夫的王位。

最终，1462 年的 10 月，也就是来到法兰西五个月后，玛格丽特率领少量船只，载着布雷泽为她准备的战士起航出发。她计划在英格兰北部登岸，因为兰开斯特家族在那儿的朋友数量最多、势力最强。

爱德华国王的政府对玛格丽特的计划略知一二，或者至少已有所怀疑，为此他们驻扎了一支舰队等待她现身，用于守候和拦截她。然而，玛格丽特设法甩掉了他们，安全抵达英格兰海岸。

玛格丽特的舰队在泰恩茅斯靠岸，但堡垒的枪指着她，不允许她上岸。然而，玛格丽特在附近海岸的其他地方成功登岸。但她很快又发现这里同样面临袭击的危险，因为她得知一支庞大的军队在沃里克伯爵的指挥下正在向她逼近，而此时法兰西军队的士兵见状竟纷纷冲回自己的船只，现场狼狈不堪，岸上只剩下了玛格丽特、小王子、布雷泽，还有几个对她忠心耿耿的战士。孤立无援的玛格丽特和其他人被迫撤退。他们上了一艘渔夫的小船，以这唯一的交通工具前往贝里克郡——那个镇属于玛格丽特朋友们的地盘。

由于行程受暴风雨的延误，他们花费了好长时间才到达贝里克。暴风雨带给玛格丽特的伤害不仅仅只是行程的延误。法兰西战士乘坐的船只也因风暴被困在了位于泰恩茅斯和贝里克之间的一排岩石峭壁附近——其中最著名的叫作巴姆区角（Bamborough Head）。船只撞到了海岸附近的礁石和礁岛上，从远处席卷而来的海浪把船只打成了碎片。所有的备用品、军需物资、武器弹药都丧失殆尽，这些都是玛格丽特在法兰西购置的，是她战争中唯一的依靠。大部分战士得以自救，逃到了附近一个叫作霍利的岛上。但是刚到岛上，他们又遭到了约克族的一支部队发起的袭击，终被一网打尽。

最终玛格丽特搭乘渔船到达了贝里克郡，将这些惨痛的遭遇告诉了她在那儿的朋友们。人们以为玛格丽特现已山穷水尽，她的最后一线希望现在也即将破灭了，她将一蹶不振。但玛格丽特天生就不是一个轻易绝望的人。面对重重灾难和强大的敌人，她几乎不堪重负，但她身上的压力越大，她心中燃起的反抗斗志就越是强烈而坚定。在这样的情况下，玛格丽特并没有向悲伤和沮丧屈服，而是立即开始召集新的军队，她以自信和热忱所展现出的激情与精力感染了她身边所有的人。一支新的军队在那个冬天已经组建完毕。早春一到，军队便奔赴前线战场，进行了一系列的战役，夺回或占领了无数乡镇和城堡，并沿苏格兰边境小规模交火。最后，战争双方的力量集中到了一个叫作赫克瑟姆附近的地方，在那里双方发起总攻。王后的军队溃败。亨利国王在战场上虎口脱险。他骑马逃走，但敌人对他一路穷追不舍，他的三个随从被俘。

据说其中一个随从被抓之时正戴着亨利国王的帽子，帽子上绣着两个金冠，一个代表英格兰王国，另一个代表法兰西王国，凭借之前在法兰西扩张的领地，英格兰君主仍然假称他们对法兰西国土拥有主权，尽管占领了很多地方，但除了加莱镇，他们现已失去了其他所有地方的领土权。

也许就是这顶王冠欺骗了追杀的人，他们把戴着王冠的人当成了亨利国王。无论如何，他们带走了戴着王冠的人，而亨利国王得以逃生。

赫克瑟姆战役一胜利，一支约克军队就闯进玛格丽特所在的军营内。在这里，她和小王子正等待着战斗结果。她一察觉到敌人即将赶到这里时，就立即带着小王子逃离了此地，极度恐惧中她跑到邻近的一个树林里。她深知一旦自己和小王子被擒，肯定会遭杀害。的确，在这一年里，交战双方的相互屠戮从未停息，在残杀和处决中人们变得麻木不仁。

玛格丽特一跑到树林里就开始竭尽所能地找寻一条最为偏僻最不容易被发现的小道。她极其恐慌，一心只想着如何甩掉她想象中紧随其后想要追杀她的人。最终这样踉踉跄跄地跑了许久，就在树林里碰到了一群看似动了抢劫念头的人。尽管玛格丽特现在随身携带的财物极其有限，但她与生俱来的富贵姿态还是逃不过人们的眼睛。

这群人拦住玛格丽特并开始从她和小王子身上抢夺值钱的东西。抢完后便开始为分赃而争吵。玛格丽特焦急不安地站在一旁，最后找到机会抱起小王子就躲进了邻近的一个灌木丛里。

她拼命地向前快跑，直到确保强盗已经追不上她了才停了下来，随即在树林里找到一个草木茂密的地方躲了起来，一直待到天黑。她的计划是要走出这个树林，一直走到她某一个朋友的住所，让他们收留并藏匿她。

就这样她在其藏身之处待到夜幕降临。间歇的休息使她从紧张、疲劳和恐惧中得以恢复，继而牵着小爱德华的手继续找路。借着皎洁的月光她能看得清眼前的路。

向前行进了一段时间，不远处的小道上突然出现了一个高个男子，吓了她一跳。她知道这又是另一个强盗。在这紧急关头，她灵机一动，想要赌一把，寄希望于这个人的一丝仁慈和良知，作为她最后一根救命稻草。于是她就壮大胆子带着小王子走到他跟前并交出王子。

她说："朋友，这是你们国王的儿子，救救他吧！"

这个男人很是惊讶，他立刻把剑放在玛格丽特的脚下，表明自己臣服于她。紧接着他把玛格丽特和小王子带到了一个安全的地方。后来，他向玛格丽特解释说，其实他也算与她同病相怜，他也是被战争给毁了，被驱逐出了自己的国家，现在成为跟王后一样逃亡的流浪者。他在这个森林里占有一个洞穴，里面住着他和他的妻子，他们一起过着逃亡的日子。他把玛格丽特和小王子领到了山洞里，他的妻子迎接了他们。即使洞穴是那样的阴暗，并且毫无舒适感可言，但他们还是尽最大的热情来款待玛格丽特和小王子。

玛格丽特在这个洞穴里住了两天。从那以后，这个洞穴被叫作"玛格丽特的洞穴"，至今保存完好。它坐落于一条极为偏僻的小溪旁。现在它四周很开阔，但在玛格丽特时期，它位于森林深处。洞穴的入口很低，但里面很高，足够一个男人站直身子。大约有 34 英尺长、17 英尺宽。从某些遗迹可以看出之前有一堵墙曾将这个洞穴隔成了两个房间。

玛格丽特在洞穴里待了两天，这两天里她一直被强烈的焦虑和忧思所折磨，焦急地等待着她那些跟她一样在这次战场上战败的朋友、贵族，以及将士们的消息。洞穴主人极力帮她向别人秘密打听，然而还是没有得到任何消息。终于，在第三天早上，他把布雷泽本人带到了这里。这使得玛格丽特感到非常宽慰，开心无比。跟布雷泽一起来的还有乡绅法姆维尔，以及和他一起在战争中幸免于难的一个英国绅士。这个英国绅士从那以后就和布雷泽一起四处游荡寻找王后。再次见到这些朋友的那一刻，玛格丽特简直是喜出望外。但当她听到她一些亲密的朋友或死在了战场上，或被俘虏并且随即被处以残酷的死刑时，她又痛苦万分。到目前为止，玛格丽特虽然在战争中遭遇种种危险和苦难，但她始终没有掉一滴眼泪。然而此刻，她所有的这些情感都被失去她这些忠诚的亲密朋友们的悲痛取而代之。她哭了很久很久，仿佛心都碎了。

唯一让她感到安慰的是，玛格丽特从她的朋友们那里得知丈夫逃出来了，可能正待在某个安全的地方。他们猜想国王可能已成功逃往苏格兰。

那天，跟随布雷泽一起来的同伴到附近村子打听消息。不久之后，他们带回几位贵族和兰开斯特家族的几位王子。看到自己的队伍壮大了起来，玛格丽特感到很宽慰。他们很快做了部署，让玛格丽特跟随他们一起离开洞穴，前往离他们直线距离不足30英里的苏格兰边界。

在离开山洞前，玛格丽特向流放者和他的妻子冒着藏匿逃犯的重大风险收留她和小王子表达了她最真挚的感谢，由于玛格丽特在森林里被强盗抢走了所有的东西，她眼下一无所有，对于她善良的保护者们无以回报。当时和她在一起的贵族想要给流放者的妻子一些钱，但是那个善良的女人执意不肯收，并说，在王后一行到达苏格兰之前，这些钱是会派上大用场的。

他们的慷慨使王后非常感动，她说对于她失去的一切，她都不觉得惋惜，让她最痛心的是，她失去了回报他们恩惠的能力。

一离开赫克瑟姆的森林，这一行人没有向北走，而是直接去了苏格兰边境，并决定向西到达卡莱尔，打算从那里乘船，经由索尔威到达科尔库布里，这个港口就是当时玛格丽特去法兰西时出发的那个港口。为了在经过那个国家时不被发现，他们不得不采取大量的防范措施。这一行人有玛格丽特、小王子、布雷泽和他的侍从，还有山洞里的那个男人——他对这一带非常熟悉，所以负责带路。他们安全到达了卡莱尔，并在这里乘船直下海口湾，在科尔库布里上岸。

尽管现在出了英格兰，玛格丽特并没有觉得比之前轻松多少。因为当她在法兰西期间，爱德华国王和苏格兰国王签订了一个条约，这个条约禁止苏格兰国王在他的领土上公开庇护她，所以她必须要严密隐藏自己的身份。

洞穴里的玛格丽特

第二十章 流放之年

玛格丽特到达科尔库布里不久就被一个认识她的人发现了，这个男人叫科克，是个英格兰人。他是约克家族的人。当他看到王后时，立即决定要抓住她和她同行的所有人，并将他们送到英格兰，交给国王爱德华。他想出了实施这个计谋的办法，他抓住了布雷泽和他的侍从，并将他们带到船上，为了不让他们反抗，发出任何声音，他先绑住他们的手脚，然后堵住他们的嘴。当布雷泽被带走时，他似乎并没有和王后在一起，因为他们被送到船上时天已经黑了，由于不能说话，直到早晨双方才知道还有其他人也关在这里，包括王后和小王子。这时，他们已经远离海岸，驶向索尔威湾的宽阔海域。

布雷泽是一个善于言辞、矫捷强壮、勇敢无畏的男人。在深夜里，他设法挣脱了绳索，解救了他的侍从而且没有让船夫察觉到。早晨，到了合适的时机，他们一起打倒了船夫，夺走了船桨。在激烈的搏斗中，他们差点把船弄翻，最终他们杀掉了一些人，并把其他人扔下了船。然后他们立即给玛格丽特和小王子松了绑，然后试图把船划向岸边。

在海湾或者说索尔威遭遇几番折腾之后，船被风刮得穿过北部海峡超过 60 英里，最后被刮到坎特尔（Cantyre）海岸附近的一个沙滩上，这个沙滩位于一个非常有名的海角，它延伸到了苏格兰这一带的海里。船在离陆地有段距离的地方搁浅，海浪波涛汹涌，猛烈地击打着船身，使其面临着被击成碎片的危险。于是布雷泽把王后扛在肩上，蹚着海水将王后送上岸，侍从巴维尔也以同样的方式将王子带上岸。就这样，他们又一次安全着陆了。

他们发现海岸荒凉贫瘠，整个乡村也人烟稀少，但至少有一个优势——王后被认出来的风险比较小，因为根据研究玛格丽特的史学家的描述，农民们十分无知，如果王后头上没戴王冠，手里没拿权杖，他们根本就不知道她是王后。

他们沿小路进入乡村，最终发现了一个小村庄，王后决定和王子待在这里，等布雷泽去爱丁堡了解苏格兰的情况后，她才能决定接下来的路线。

布雷泽带回来的消息不容乐观。然而，玛格丽特听了后决定亲自去爱丁堡走一趟，看看她能做点什么。到爱丁堡之后，她发现苏格兰政府并不愿意为她倾囊相助，他们说如果她愿意的话，可以为她提供装备，让她安全地回英格兰，她可以去那里向她的一些朋友寻求庇护，但他们能做的仅此而已。

于是玛格丽特回到了英格兰，她在巴姆布拉夫（Bamborough）的大城堡里做了短暂的停留，那时候城堡还由她的朋友掌控着。在这里，她试图将她分散的追随者重新聚集起来组成一个新队伍，但她发现这个目标无法实现。这样一来，法兰西、苏格兰、英格兰提供的所有资源都因她的失败而被耗尽。在向多方求助之后，她决定穿过日耳曼海进入佛兰德斯，想看看她是否能在那里寻得同情或援助。

跟随玛格丽特逃往苏格兰的随从人数并不多，相比之下，此次随她撤回欧洲大陆的朋友和追随者队伍庞大，整个队伍约有 200 人，尽管大多数随她一起走的人可能是因为他们自身而非王后的缘故。他们在巴姆布拉夫登上了两艘船，但他们离开陆地不久就遇上了一场风暴，两艘船走散了，王后和王子乘的那艘船整整 12 个小时里都面临着随时倾覆的危险。海上风浪越来越大，最终完全变成了飓风，所有人都觉得他们无处可逃了。

然而，风暴终于平息下来了，船总算进了港口，但并没有到达他们的目的地，而是到了南边离目的地很远的一个港口。这个港口属于勃艮第的公爵菲利普的管辖领域。然而，一直以来，玛格丽特和此人有着不共戴天的世仇，当她发现自己竟然得听凭她视作死敌的人的支配，她惊恐万分。

但更令玛格丽特惊讶的是，一听说玛格丽特到达他的国家，菲利普公爵竟不计前嫌，对她的不幸表示怜悯，并且非常慷慨地招待了她。玛格丽特到达勃艮第时，菲利普并不在首都利特尔，但他派遣儿子去迎接她并带她来这里，尽可能地表示对她的尊重。之后玛格丽特去见公爵的时候，公爵派遣了一支仪仗队护送她。当玛格丽特到达后，公爵隆重地款待了她，而且准备了娱乐活动和宴会助兴，以彰显她尊贵的身份。

除了这些，菲利普还给她提供了更多的服务——他给玛格丽特提供了她所急需的雄厚资金。还给予她随行的女士们每人100克朗，给了布雷泽1000克朗，并命令财务主管给了王后1万克朗。

家族世敌勃艮第公爵菲利普不计前嫌，雪中送炭。玛格丽特的父亲勒内对此深受感动。他自己当时贫困潦倒，根本无法解救女儿。但他写了一封热情洋溢的信致谢菲利普，他在信中说，菲利普的好意不是他应得的，他也从来没有奢望过。

在这个混乱的黑暗时代到处充满纷争、残酷和罪恶。在王子、贵族和基督教骑士等所有人中，勃艮第公爵的高尚行为是个特例，他诚心诚意地服从救世主原则，即“原谅你的敌人，善待憎恨你的人”。他的做法立竿见影，很快惠及各方。若那些声称自己是基督信徒的人，真如他们所假装出来的那般善良的话，可以避免多少血腥和不幸啊。

玛格丽特拿着勃艮第公爵给的钱，可以勉强支撑她回到儿时住的地方洛林，一路上还不算太艰辛。她父亲所能做的仅是在凡尔登的一座城堡给她收拾出一个极其简陋的住所，城堡位于摩泽尔河边上，河流贯穿整个洛林省。玛格丽特身边有少数追随者跟她到了洛林省，继续服侍她，她在那里隐居了七年，几乎被人遗忘。

在洛林期间，令玛格丽特最感欣慰的是，她心爱的儿子，即小王子，能陪伴在她左右，看着儿子在自己和一两个才华卓越的追随者的管教下逐渐长大成人，她心满意足。但她被迫与丈夫分离，无奈而绝望。很长的一段时间，她没有丈夫的任何消息。事实上，在此期间，亨利六世在英格兰朝不保夕，居无定所。他东躲西藏，求遍了所有能为他提供藏身之处的朋友。最后，在玛格丽特隐居凡尔登期间，一个沉重的消息传到她耳中，她丈夫在一处隐藏地被人出卖了，已经被逮捕，当作罪犯押回伦敦了。人们猜测，他会立刻被处以死刑。但约克家族认为，处死亨利六世不合适，不能把事情做得太绝，尤其是他死后，王位会立刻传给他的儿子，儿子掌权，又有这样手腕高明的母亲在旁协助，他们会变得比以往更加强大可怕，更加难以对付。基于种种原因，让老国王活着，对于敌人约克家族来说是最好的办法。

爱德华国王的政府采取了一些特别的防御措施阻止玛格丽特和小王子再次进入英格兰。政府沿着海岸线派兵防守，并且把所有可能与流放的王后有联系的人严密监管起来。政府人员断定一些人手中可能有秘密书信和文件，为此，他们严刑逼供，甚至滥杀无辜。有个富有的伦敦商人被指控叛国，他受到了重罚，仅仅因为玛格丽特向他借过钱。但事实上他拒绝了，只是没有向政府汇报这件事。

当权者讨厌玛格丽特，憎恨她争权夺利，所以在许多骇人听闻的事件中他们犯下了弥天大罪，其中有件事令人发指，有一个男人被发现帮助玛格丽特和她在英格兰的朋友传递书信，这正印证了当权者的猜想。为了逼他招供这些信是写给谁的，当权者用烧红的钳子把他烫得体无完肤，但毫无结果。这个男人忍受住了一切严刑拷打，至死都没有泄露秘密。

残杀亨利王子

第二十一章

同沃里克和解

1469年秋天，英格兰反对爱德华四世统治的呼声越来越高，甚至他许多要好的朋友都背弃了他，而兰开斯特家族的势力却不断壮大，亨利恢复王位的日子指日可待。听到从英格兰传来的这一消息，玛格丽特非常兴奋，她对新的生活充满了希望。和这场变故相关的最重要的一件事情是，沃里克伯爵——在整个战争期间，曾是约克家族最强大、最具影响力的支持者，也是玛格丽特和亨利的死敌，现在却与爱德华反目成仇，来到法兰西，准备尽其所有的权力和影响力支持兰开斯特家族。

当然，这些消息在法兰西各地都引起了极大的轰动。国王路易十一尤其对这些消息感兴趣，因为这样一来玛格丽特可能重新夺回王权，那就有能力赎回抵押，或者向他提供还款的保证。因此他在图尔市召开议会，考虑下一步的计划，他邀请在凡尔登的玛格丽特和爱德华王子一起来参加这次议会。与会者还包括玛格丽特的父亲勒内、家族中其他有影响力的朋友等。玛格丽特到了图尔，当她见到父亲时激动得热泪盈眶。但是她不能接受与沃里克和解的提议。刚开始，她断然拒绝见他，拒绝和他说话。然而最终沃里克来到图尔时，路易十一向玛格丽特引见了沃里克，但很长一段时间玛格丽特都拒绝和沃里克牵扯上任何关系。她说自己永远不能原谅这个人，因为他是自己丈夫垮台的罪魁祸首，自己所遭受所有痛苦和不幸都是由他造成的。

“除此以外，”她说，“即便我愿意原谅他对我已造成的无法忍受的伤害，但和他结约或联盟会对于我丈夫的事业非常不利。对于我在英格兰的阵营和朋友们来说，沃里克曾对他们造成了巨大的伤害。这些人一直以来视沃里克为他们的死敌，如果他们知道我同意与沃里克和解，他们毫无疑问会和我疏远，这样我将得不偿失。”

对此，沃里克极力为自己辩解，他说正因为他曾受到过兰开斯特家族的伤害才会对他们有敌意。更重要的是，他有办法使爱德华坐立不安、王位不保，还可以想办法使亨利复辟成功。他发誓，如果玛格丽特接受他，他将永远效忠于她，而且之前他和爱德华有多么友好，现在就和爱德华有多么敌对。另外，他还请求路易国王为他担保，保证他会忠实地履行这些条约。

路易十一表示他可以为沃里克担保，他劝说玛格丽特原谅沃里克，看在自己的面子上接受他。他补充道，“比起其他任何人沃里克将会更效忠国王”。

最后玛格丽特被说服了，她原谅了沃里克。同时，玛格丽特也接受了和沃里克一同前来的其他几个贵族。这次重大的和解完全实现，整个家族一起顺着卢瓦尔河到了昂热。在那里，沃里克伯爵的夫人和他们最小的女儿安妮正在等他们。夫人和安妮见过了王后。不久之后，路易十一进一步提议安妮和爱德华王子订婚。

听到联姻的提议后，玛格丽特感到非常震惊，并且不屑地拒绝了对方。她表示，这样的联姻既不能给她和她的儿子带来一丁点荣誉，也无一丝利益可图。然而对方不达目的誓不罢休，他们花费了两周时间向玛格丽特解释与沃里克的联姻会有诸多益处，尤其是对她丈夫提供极大的帮助。她的父亲也极力建议她答应这门婚事，这使她最终妥协了。

三大家族一起在昂热的大教堂里举办了盛大的宗教仪式，并在他们缔结的盟约以及协议书上盖章，批准生效。据说在大教堂的圣物当中有一枚真十字架的残片，它是如此的受人崇敬，如果对着它起誓就相当于被赋予了最神圣的职责。所以三个家族依次对着这枚象征圣洁的真十字架残片宣誓。

首先，沃里克伯爵宣誓道，他将永远效忠于亨利六世国王，扶持他和玛格丽特王后以及爱德华王子。作为一个真诚且忠君的臣民，他理应顺服于自己的国王陛下。接着，路易十一国王起誓说他将尽最大的努力支持沃里克伯爵，以此来帮助亨利六世赢得战争的胜利。最后，玛格丽特王后宣誓接受沃里克伯爵，并将他视为亨利国王和王子的忠实臣民，“不再追究他过去的所作所为”。

此外，他们同时还根据协议同意将爱德华王子的未婚妻，也就是沃里克伯爵的女儿安妮交到玛格丽特手上并在完婚之前听命于玛格丽特。但是，沃里克伯爵必须先赶往英格兰收复所有失地或者至少要收复大部分失地，并将其归还给亨利国王以示忠诚，否则爱德华王子和安妮的婚姻就不能真正生效。因此，爱德华王子与安妮能否完婚，取决于沃里克是否能成功地助亨利六世夺回王权。

尽管如此，几天之后，在昂热仍然举行了爱德华王子和安妮的婚礼，或者更严格地说是订婚仪式，仪式上有大型的游行队伍助兴。随后，沃里克告别他的妻子和女儿，按照玛格丽特的指示带着路易国王提供给他的 2000 人组成的军队起程前往英格兰。

沃里克离开之后，玛格丽特在昂热又待了几周，之后她在仪仗队的护送下前往巴黎，她家族的其他成员则在 11 月抵达。在路易十一的安排下，为玛格丽特举行了专属于女王的接见仪式，以彰显她尊贵的身份。她经过的街道上挂满织锦、彩旗、横幅以及其他合乎此仪式场面的装饰品。人们成群结队前来观看那庞大的游行队伍经过。因为除了带领玛格丽特一行人入都的仪仗队之外，所有位高权重的公职人员以及高级政府官员都在城门口处加入了游行队伍，而且他们一直伴随着游行队伍进入巴黎城内，所以其场面之壮观，令人叹为观止。

玛格丽特王后和她的家族以这样的方式进入了王宫，

路易十一为他们提供最豪华的居住条件让他们安顿了下来，他们对这一切都非常满意。此时也有好消息传来，沃里克伯爵已经登陆英格兰并且取得了完全的胜利，成功地履行了他的诺言，废黜爱德华四世，释放了囚禁在伦敦塔中的亨利六世。

玛格丽特当下就决定立刻起程返回英格兰。

沃里克的死亡

第二十二章

大失所望

玛格丽特和她的随行人员需要以适当的方式返回英格兰，而这个准备工作似乎已经花去了好几个月，因为早在11月份，他们就大规模进入巴黎，并且接到了关于亨利复辟的消息，但直到翌年2月份皇室着手筹办这些事，包括谈判、征募士兵、造船、提供资金、任命职位、制作军装，而且还有大量的当务之急以及礼仪等许多大事需要考虑和安排。最后，一切准备就绪，所有人一起前往港口，他们早就把这个港口选为出发的地点了。这个港口叫哈弗勒尔，它位于诺曼底海岸，与勒阿弗尔市①较现代化的港口区域很近。

到了快要起航的时候，天气看起来却非常不利于航行。由于玛格丽特的返程已经被拖延了好久，她疲惫不堪，迫不及待想重新回到自己的领地，于是她执意下令船只起航。

① 勒阿弗尔市（Le Havre），法兰西北部海滨城市。

他们试了三次，然而船只三次被迫退回港口。玛格丽特的许多朋友因为此事备受打击。一时人心不安，有人说，玛格丽特的计划不断地受到阻碍，这应该被看作是神的旨意，即玛格丽特不要现在就回英格兰，于是他们请求玛格丽特推迟出发时间。另一些人则说这逆风是由巫师引起的，于是他们就开始想办法找出谁是那些巫师。

但玛格丽特根本不听那些建议，她下决心只要天气条件稍微好转就立刻起航。原地逗留给玛格丽特造成了极大的不便，因为每天都需要支出一大笔开销。为了重新加强沃里克和亨利的军事实力，玛格丽特除了自己的官员和侍从外，早已经组建了一支规模庞大的士兵队伍随她一起穿越英吉利海峡。这是相当必要的，因为亨利虽然名义上已经再度称王，但他的敌人在这片领域仍然实力强大，玛格丽特非常希望有人帮她一起镇压敌人。实际上，玛格丽特清楚丈夫的处境岌岌可危，战争的情形随时可能变得对他们不利。每当想到这些时，玛格丽特对天气导致的延误更加不耐烦了。她知道国王可能已经与敌人短兵相接，并且极有可能已经被打败。由于耽搁得太久，玛格丽特担心当她的军队到达英格兰时可能为时已晚，来不及救国王。

啊，可怜的玛格丽特！事实确实如此。

直到3月24日才有了离开港口的可能，虽然那时的天气还没稳定下来，但玛格丽特决定不再等了。她带上自己未来的儿媳安妮从哈弗勒尔港口出发。沃里克伯爵夫人则乘坐另一艘船与她同时起航。

舰队启航后，天气一直十分恶劣，强劲的北风吹得船只几乎无法前行。舰队已经在英吉利海峡徘徊了两个多星期，抛锚停泊等待风向的改变。在这段时间里，玛格丽特一直处于极度的不耐烦和焦虑之中。

最终，在4月10日左右，他们抵达韦茅斯。

船只进港后，用了一两天的时间为登陆做准备。这些准备工作包括在韦茅斯①附近的一个修道院里安排住所，用来接待王后及其随从。与此同时，军队登陆的工作也在紧锣密鼓地推进。

沃里克伯爵夫人乘坐的那艘船与玛格丽特舰队失散，驶向不同的方向，情况不明。

当准备工作终于完成时，王后和她的随从人员上岸，在修道院住下了。玛格丽特正忙着安排军队，让他们准备好援助沃里克。但是，令她既惊讶又恐慌的是，就在她住进修道院的第二天，她接到消息，得知爱德华四世的军队大举进攻伦敦，已经在距伦敦几英里的一个叫作巴内特的地方打了一场大胜仗。

沃里克伯爵不幸阵亡，亨利国王又被俘虏。他们的事业再次一败涂地了。

沃里克伯爵是步行上战场的，旨在更有效地为部下们做出表率。但是，最终当他的军队溃败后逃跑时，他本人却被自己的盔甲所羁绊，无法自救。冷酷无情的敌人追上

① 韦茅斯（Weymouth），英格兰海滨城市。

来将他杀死。

这个噩耗在玛格丽特心中所引发的极度不安和苦恼是无法用言语形容的。她先是晕厥了过去，当她终于苏醒过来时，失望、气恼和愤怒完全将她吞没。她喋喋不休、语无伦次，以至于她的朋友们几乎担心她会精神失常。她的儿子，即将19岁的年轻王子竭尽所能安抚她，想使她平静下来，最后他成功地说服玛格丽特考虑采取下一步措施保证她自己和他的安全。继续待在那里意味着他们随时会遭到爱德华大获全胜军队的袭击，随时都有可能被俘虏关进伦敦塔。

距离玛格丽特所在地不远处有另外一座修道院，那是个有着得天独厚优势的避难场所。正因为如此，特殊情况下来此躲避灾难的人都不会轻易身陷囹圄。这个安全的地方名叫蟠龙修道院。玛格丽特一行很快穿越乡野前往那里，在途中意外地遇见了沃里克伯爵夫人。沃里克伯爵夫人的船只被风刮得一路向东远行，直到朴次茅斯才登陆。而正是在朴次茅斯她得知丈夫的死讯。这个消息让她备受打击，她意识到自身难保，最终也决定前往蟠龙修道院躲起来。

两位不幸的女人，在法兰西海岸上分别之时还怀着远大的期望，但三个月后再次聚首时，两人都陷入了深深的悲痛中无法自拔。她们的希望灰飞烟灭，美好的前程也荡然无存。她们认识到自己沦落至亡命天涯、没有希望的境地，只能寄希望于宗教避难所以保全性命。

图克斯伯里

第二十三章
无子嗣的寡妇

玛格丽特还是对自己避难的神圣庇护所的安全性不能完全放心，除了一些自己钦定和极度信任的亲信外，她想尽一切办法让这个秘密地点不被外人所知。在此期间，其中的一些人前来拜见她，特别是年轻贵族，他们前来兴师问罪，为战争中自己亲友的牺牲打抱不平，愤慨不已。

然而，他们发现玛格丽特如今的心态与他们颇为不同，她开始心灰意冷，多年来接二连三的惨痛失败与打击磨难似乎最终严重削弱甚至摧毁了她的决心与毅力。来看望她的朋友们都发现，由于痛苦和绝望玛格丽特已处于麻木状态，想要让她重新振作起来绝非易事。

最后，他们成功将玛格丽特从麻痹中唤醒并说服她听听他们的建议，但这时她眼下最大的担忧只是儿子的安危。她乞求他们想办法保护她的儿子，而他们也试图让她相信她的处境并没有她自己想象的那么绝望。他们声称他们仍然拥有强大的军队，队伍正在集结待命，只要她和王子亲临指挥所，军队士气必定大受鼓舞，人数也会迅速增长，而且很有希望在比以往任何时候都更加有利的条件下，他们很快就能与敌人再战。

但是玛格丽特似乎很不愿意接受他们的观点，她说做进一步的反抗是徒劳的，因为他们没有足够的实力在战争中与敌军抗衡，再次尝试不会有好结果，只会带来新的灾难。眼下对她和王子以及众多与她同舟共济的随从者来说，唯一要做的打算就是尽快回到法兰西，留在那里等待更好的时机。

但王子不愿意接受这个计划。他年轻气盛，斗志昂扬，信心十足，和贵族们一起劝说母亲同意开战。王子的影响力发挥了作用，尽管玛格丽特极不情愿，并有很多不好的预感在脑海中浮现，但她最终还是同意了。

所以她带着王子离开了避难之地，他们被护送秘密前往北方，去那里与部队会合。长期以来，与威尔士边界接壤的英国西部各县都很支持亨利的事业。正如贵族们预测的那样，当地民众得知王后和王子到来的消息后蜂拥而至，加入他们的队伍。短时间内，一支庞大的军队已经做好了奔赴战场的准备。

这时候，玛格丽特正在一个叫巴斯的小镇。很快她就听说爱德华国王正带领一支强军从伦敦赶往巴斯镇压他们。她认为自己的军队仍不够强大，不足以抵抗爱德华，所以她制订了计划，准备渡过塞文河前往威尔士，在那里养精蓄锐，直到集结成足够强大的军队。

于是，玛格丽特从巴斯赶往布里斯托——它位于塞文河岸边。这一带的河面非常宽阔，所以她不能从这里渡河。塞文河上离此处最近的桥在格洛斯特，距离这儿有三四十英里，因此她又赶往格洛斯特，打算从那里渡河。但到达格洛斯特后她发现桥边已经筑有防御工事，由格洛斯特公爵的手下掌控，格洛斯特公爵是爱德华国王的党羽。没有上级的命令，他们拒绝让玛格丽特过桥。

强行过桥似乎不是明智之举，为了找到其他的桥进入威尔士，玛格丽特和她的军队沿塞文河向上游行进。在途中，她心情难以平静，极度忐忑不安。因为爱德华国王的军队前进速度极快，她面临着中途遭遇拦截和阻断退路的危险。所以她用尽全力奋力前进。最终，在一天之内，军队前进了 37 英里，到达了图克斯伯里。这是一个处于格洛斯特和伍斯特中间地带的小镇。到达以后她发现，爱德华大军已经行至距离图克斯伯里一英里的地方，严阵以待。

就在此时，玛格丽特有一个能过河并进入威尔士休整一段时间的机会，而且她本人也很想这么做。但跟随她的年轻贵族们，尤其是性情暴戾、脾气急躁的萨默塞特公爵，作为贵族中的领头人物，坚决反对。他宣布自己绝不会再撤退半步。

“我们将在这里誓死抵抗，”萨默塞特说道，“听任上帝对我们命运的安排。”

于是，他命令士兵们在城内的公园里扎营，并匆匆筑起一道道战壕。许多将领都强烈反对他在这个地方抵抗敌军的计划，但萨默塞特是军队的最高指挥官，他丝毫不顾及将士的生命，固执己见。

年轻的王子也将首次在这场战斗中身居要职，有几个年长且经验丰富的首领作为他的左膀右臂。当一切准备就绪之后，玛格丽特和王子骑马行走在队列中间，向士兵们喊出振奋人心的豪言壮语，并许诺他们在战争胜利后将会得到丰厚的奖赏。

当战斗开始的时间越来越临近时，玛格丽特的内心也愈发焦躁不安。她以前经常会以一些非常亲近且十分珍视的老将为赌注，派他们上战场作战。而现在，生平第一次，她却必须将自己挚爱的独生子的性命推到刀刃之前。这当然是完全违背她的意愿的，但情势危急，她不得不忍痛割爱。

战斗开始，玛格丽特退到公园的一处制高点，从那里她可以看到战斗的进展情况。开始一段时间，她的军队一直是在战壕内抵御敌军进攻，但最后，萨默塞特变得极不耐烦，意气用事，于是决定发起总攻，到开阔地带和敌军交战。

于是，萨默塞特一声令下，身先士卒，冲锋陷阵，让其他人跟上，一些人遵照指令跟了上去，但另一些人却按兵不动。见此情景，萨默塞特又骑马返回队列中间，显然是要质问那些仍待在原地的士兵为什么不服从他的命令。当他看到文洛克王军队首领在城里慵懒地坐在马背上时，立即指控他为叛徒，并骑马奔过去，提起战斧就朝他砍了过去，将这位首领的脑袋劈裂了。

文洛克王旗下的士兵们一见自己的首领就这样惨死刀下，便立刻抱头鼠窜。这一逃引起了一阵恐慌，这种恐慌顷刻间传遍了整个军队。整个战场完全陷入一片混乱之中。

玛格丽特目睹这幅场景，又想到王子此时就置身于这近在咫尺的危险之中，她紧张恐惧得几乎要发狂了。她固执地坚持要冲上战场去找寻和营救自己的儿子，身边的人发现根本拦不住她。最后，在拉扯中，激动的情绪和恐惧压垮了玛格丽特，她晕厥了。随从们将已失去知觉的王后抬到一辆马车上，并迅速将她从公园的一个大门拉了出去，抄小路送到了附近的一个教堂里。在那里，估计她暂时会是安全的。

王子不幸被俘。战争结束后，他被送到爱德华的营帐内。当今的史学家们向我们讲述了下面的故事，即关于他“王座之路”的悲惨终结。

爱德华在随从军官和贵族们的陪同下进入帐内，他身上还沾着战场上的鲜血和尘土，气势汹汹的脸上带着狂喜的表情，似乎还沉浸在杀戮和胜利的兴奋中。他看到英俊的小王子站在那儿，被他的手下钳制着。起初，王子高贵优雅的外表，坦诚且阳刚的气质触动了国王。然而，接下来他便恶狠狠地质问王子为什么要来英格兰。王子勇敢无畏地回答说他是来夺回他父亲的王位和自己的继承权的。听到这话，爱德华国王一下子把他沉甸甸的金属护手套朝王子脸上砸去。

国王近旁的侍卫把这一举动看成是国王旨意的暗示，暗示他们应如何处置他的俘虏，他们马上拔剑行动，当场就刺死了王子。

玛格丽特直到第二天才知道她儿子出事了。但是在那时，爱德华国王已经发现了她的撤退地点。国王派一个叫威廉·斯坦利的爵士去逮捕她，并带她来面圣。这个叫威廉·斯坦利的人一直是玛格丽特的死敌。也正是这个他来时带来了王子死亡的噩耗。据说他向她传达这个消息时脸上带着幸灾乐祸的神情，似乎他不仅是为王子的死而感到高兴，而且为能有机会亲眼见证玛格丽特的绝望和悲痛而欣喜若狂。如他所愿，玛格丽特听到这个噩耗后，痛不欲生。

斯坦利爵士把玛格丽特送到考文垂任由国王处置——当时爱德华国王就在考文垂。爱德华国王为了庆祝他的胜利，趾高气扬昂首阔步进入伦敦，他命令斯坦利带着玛格丽特跟在他的列队里。同时，沃里克的安妮，王子的未婚妻也以同样的方式被带往伦敦。

一路上，玛格丽特一直都处在一种高度紧张的状态，她内心的悲痛和愤怒快要把她逼疯了。她一路上不停地咒骂杀了她儿子的仇人，没有什么能使她安静或住口。

在这次痛苦的旅程中，原本还应有一件事能给予玛格丽特安慰，即她心想，等到了伦敦塔，她就能与丈夫亨利六世重聚了，他已经被关在那儿很长时间了。这种重逢的希望现如今几乎也是最后一个能支撑她活在世上的理由了。但残酷的现实注定让她变得一无所有：就在玛格丽特到达伦敦塔的当晚，亨利就被爱德华杀害于长期关押他的那间狱室内。

短短两个月内，玛格丽特王后光明的前景被永远摧毁了。在3月底时，她还是一个骄傲、幸福的王后，她和丈夫拥有世界最富有、最强大的王国之一；她也是一个王子的母亲，这个王子天生就被赋予个人魅力和贵族荣耀，还娶了一位出身高贵、美丽又极其富有的新娘，而且才刚刚步入一条已经预定好的、恒久又充满无上荣光的“王座之路”。但是，到5月的时候，她的丈夫和儿子就双双倒在血泊里，而她自己也从王后的位子上重重跌落下来，成了一个无助的囚徒，被关在阴森森的地牢里，直到生命的尽头都不会再有获救的希望。这本关于玛格丽特王后的传记，为我们展现了玛格丽特一生急剧反转的命运。她的一生如此复杂坎坷，在皇家编年史中，任何重大苦难的事例都无法与她跌宕起伏的经历相比拟。

彻特希一景

第二十四章
结　语

在亨利国王惨遭杀害的第二天，他的遗体由一支武装人员护送从伦敦塔穿过伦敦的街道被运送到圣保罗大教堂。通常这种大事件都要在公众面前展示。这次展示比以往更有必要，因为亨利死亡的事实以后可能会遭到人们的质疑。如果没有给民众提供铁证证明亨利确实已不在人世，那么玩弄阴谋诡计的人会不断以亨利的名义将整个国家陷入动荡不安。

白天，亨利的遗体一直躺在那里。到了晚上，他的遗体便被运到圣保罗大教堂对面河岸附近的登陆处布莱克法尔。在那里有一艘船，等着接灵柩。船上点着火把，水手们手拿着船桨。灵柩放到船上后，遗体就这样被运走了，经过黑暗的河面，来到了偏僻的村子彻特希——这个事先决定好让亨利入土的地方。

在亨利死后的一段时间里，玛格丽特被囚禁在伦敦塔。最终，她发现一切都那么平静，新政府稳固建立起来了，囚犯所受的牢狱之苦得到减轻。一开始，她被转移到温莎堡看管，再后来到沃林福特，这个地方位于很偏僻的乡村，虽然在这里她仍然受到严密地监管，但享有很大程度的个人自由。

最终，大概四年之后，她的父亲勒内国王成功地凑够总额5万克朗的赎金。勒内自己根本没有那么多钱，但他劝说路易国王为其支付这笔钱，作为交换条件，他把家族领地交给对方。

赎金分五期交清，但交足第一笔赎金就能释放王后，允许她回到自己的故乡。但释放她也有条件，要求她永远放弃在英格兰领域内因为与亨利的婚姻而享有的所有权利。按理来说，他们应该会要求她先在放弃声明书上签字再放她走，但那时英格兰的法律规定，犯人在被监禁时的签字是无效的，因为签字人没有自由。因此安排了一个英格兰委托人陪同她穿过英吉利海峡，前往鲁昂，在那里把她交给法兰西大使，这几位法兰西大使将代表路易国王负责玛格丽特签字事宜。

玛格丽特在一个男人——这个男人是爱德华政府能够信赖的人，政府托付他看守好玛格丽特并让她无声无息穿过英格兰到达离境港口即三文治港口——的照料下从沃林福特城堡出发，玛格丽特在港口登上了一艘船，随从还有三位女士和七位男士。她当初来到这个国家，满心欢喜地期待着婚姻将会给她带来美好幸福的生活。而如今在这里，她就要告别这个带给她无穷痛苦的国家了。

1467年年初，玛格丽特到达了迪耶普，之后很快就到了鲁昂。在鲁昂，前来一起照顾她的委托人把玛格丽特交给受命接她的法兰西大使，并陪同她在放弃声明书上签字。

该文件是用拉丁文书写的，内容大意如下：

> 本人玛格丽特曾在英格兰婚嫁，正式宣布放弃此婚姻所赋予的所有在英格兰的权利以及其他一切事物的所有权，并交与现英格兰国王爱德华所有。

带着消极与麻木，她毫不犹豫地签了放弃声明书。丈夫和儿子的离世让她万念俱灰。如今她对生活没有丝毫渴求。签署这份致命的声明书意味着她不仅放弃了以后称后的权利，也挥别了曾经身为王后的自命不凡。显然她的灵魂已经破碎，曾在她心中熊熊燃烧的骄傲与雄心之火，如今已永远地熄灭了。

文件签署后，玛格丽特被打发走了，她可以自由地踏上回乡之路，回去安茹省度过余生。她打算经过巴黎，顺道再次拜访一下自己的表兄——法兰西国王路易十一。当年玛格丽特满怀希望踏上返回英格兰之程时途经巴黎，满以为能再次看到自己的丈夫重登王位。当时路易国王对她悉心照料，给予她无上荣耀。但今时不同往日，一向见风使舵的路易并没有接纳她拜访巴黎的意愿，而是派人捎来口信，建议她最好别来巴黎，而是尽快回她父亲所在的安茹去——这已经不是他第一次无情地拒落难的表妹于千里之外了。

然而，似乎为了减轻自己的无礼，路易派遣护卫队护送玛格丽特回家。但是，自尊心依然极强的玛格丽特对路易的虚情假意报以不屑，于是她决定不接受嗟来之食，断然拒绝了护卫队护送，只带着几个随从出发了。

然而，这样的决定却差点让她丢了性命。在踏上归途没走多远，玛格丽特就遭遇了紧急情况。英格兰民众被驱逐出诺曼底时，许多家庭甚至整个村子的人因为太穷没办法回去英格兰。这些人如今处境相当艰难，滞留异乡，举目无亲，孤立无援。他们对自己的不幸感到十分难过。同时也清楚，亨利六世娶安茹的玛格丽特时，便割让了几个省的领土，从那时起，英格兰民众就将同胞们在法兰西遭遇的所有不幸甚至亡国的根源都归结于亨利六世的这些交易。

碰巧，玛格丽特从鲁昂前往安茹的第一晚要在这些村子里的一处歇脚。村子里的人看到一群陌生人来到镇上后，出于好奇晚上聚在客栈外面打听来者何人。当他们得知来人就是昔日的王后，现今被王室放逐的玛格丽特时，他们群情激奋，因为他们视她为造成他们所有人不幸的罪魁祸首。他们冲进房间捉拿王后，倘若当时得手，他们无疑会当场杀了她。幸亏王后的随从中有一人拔剑护住王后并阻拦住了乱民，保护王后进入房间。随从们一直守在王后身边直到找来官员驱散暴民。无奈，玛格丽特即刻返回鲁昂，心甘情愿地接受了护送。表兄给她安排了一批守卫，在他们的保护下玛格丽特再次启程，这次出行安全顺利。

玛格丽特终于抵达家乡安茹，父女团聚，父亲待她一如既往的和蔼可亲。而后她随父亲住进一座名叫盲谷的城堡，城堡离省会昂热只有 3 英里远。

她在这里生活了将近四年。这是个十分怡人的地方，城堡坐落在河岸边上的一个制高点，能俯瞰到镇上漂亮的景致。城堡界内有一个漂亮的花园和一个绘画与雕像艺术馆。勒内是个好画家，他非常喜欢创作并孜孜不辍，经常把自己作品拿来收藏或是赠送给朋友。但玛格丽特对这些一概不感兴趣。她满脑子都是痛苦的过往，她总是会想起自己的丈夫和孩子。她一直设法得到他们的遗体以便把他们运回安茹，却始终没能成功。于是，她每年都花很多钱请牧师在他们的坟冢前做弥撒让他们的灵魂得到安息。

玛格丽特一直住在盲谷直到父亲离世。病床上的父亲把她托付给一位值得信赖的老友。国王勒内离世后，这位老友把玛格丽特带到自己的城堡。城堡的名字叫当皮埃尔（Dampierre），位于河岸上游，距盲谷 25 英里远。

痛苦和烦闷像花心里的蛀虫一样始终折磨着她。一位研究玛格丽特的史学家称："她的双眼，曾是那么明亮睿智、善于传情，却因为经常哭泣而变得空洞晦暗。"而且她全身的血液都败坏了，一种可怕的疾病毁了她那曾经如凝脂般的肌肤，让每个见到她的人都报以恻隐之心。

尽管玛格丽特也受到这个朋友的善待，但是她还是没能撑过这场疾病，没过多久便死了。玛格丽特死后葬于法国昂热的一座教堂里。此后的几个世纪，每年的祭日，教堂的牧师们都会在她坟前举行庄严的典礼，一边缓慢有序地绕着她的坟墓转圈，一边低声吟唱圣歌。

附录 本书所涉人物小传

1. 安茹的玛格丽特（1430 年 3 月 23 日— 1482 年 8 月 25 日），为亨利六世之妻，英格兰王后。1430 年可能生于法国的蓬塔穆松，是两西西里国王勒内一世与洛林公爵夫人伊莎贝拉的二女儿。1445 年与英格兰国王亨利六世结婚。因为亨利六世精神错乱，她成为实际上的当权人物。英国人一般都把诺曼底失陷的 1449 年战争归咎于她。在玫瑰战争中，她勇敢地战斗了近 20 年，终于 1471 年在图克斯伯里战役被打败，被监禁在伦敦塔中近 4 年，直到法国国王路易十一将她赎回为止，她回到法国后在贫困中死去。

2. 理查德三世（1452 年 10 月 2 日— 1485 年 8 月 22 日），从 1483 年起直至逝世一直为英格兰国王与爱尔兰之主。他是约克家族的最后一位国王，同时也是金雀花王朝的最后一位君主。公元 1485 年，在兰开斯特王朝和约克王朝之间战争中最重要的一场战役（博斯沃思战役）中战败并身亡，这也标志着英格兰中世纪的结束。

3. 爱德华三世（1312 年 11 月 13 日— 1377 年 6 月 21 日），从 1327 年 1 月起直至去世一直是英格兰国王和爱尔兰之王，他以军事上的成功和恢复皇家权威而闻名。爱德华三世将英格兰王国变成了当时欧洲最强大的军事力量之一。

他长达50年的统治时期是中世纪英格兰中第二长的，仅次于他的曾祖父亨利三世之后。在位期间，英国立法和政府方面得到了重要发展，特别是英国议会的演变，同时他也见证了黑死病的横行。

4. 伍德斯托克的爱德华（1330年6月15日—1376年6月8日），历史上被称为黑王子，是英格兰国王爱德华三世的长子，也是英国王位的继承人。由于他在其父亲之前去世，因此由他的儿子理查德二世继承了王位。尽管如此，爱德华仍然是百年战争中最成功的英国指挥官之一，被同时代人视为骑士精神的典范，也是他所处那个时代中最伟大的骑士之一。

5. 约翰·冈特（1340年3月6日—1399年2月3日），兰开斯特公爵，同时也是英国王子，军事领袖和政治家。他是英格兰国王爱德华三世的五个儿子中的第三子。由于他的王室血统，有利的婚姻条件和拥有大量地产，冈特是他那个时代最富有的人之一，并且在他父亲爱德华和他的侄子理查德二世统治期间也是一位非常具有影响力的人物。

6. 安特卫普的莱昂内尔（1338年11月29日—1368年10月17日），克拉伦斯第一任公爵。他是英国国王爱德华三世的第二个儿子。他的名字以出生地命名，因为他出生的地方位于布拉班特公国的安特卫普。

7. 理查德二世（1367年1月6日—约1400年2月14日），也被称为波尔多的理查德，黑王子爱德华之子，英格兰国王，1377年至1399年在位。理查德的父亲爱德华黑王子于1376年去世，因此在他的祖父爱德华三世去世后，当时年仅10岁的理查德顺利继承了王位，但是实权被其叔父兰开斯特公爵约翰·冈特把持，他的另一个叔父艾克赛特公爵托马斯也野心勃勃，企图摄政。理查德成年后对他们进行了报复。1399年，亨利四世在国王远征爱尔兰时举兵拘捕了国王，并让国会同意将理查德废黜，由亨利即位。由此，金雀花王朝结束，兰开斯特王朝开始。

8. 埃诺的菲利帕（约1310年6月24日—1369年8月15日），爱德华三世之妻，英格兰女王。当时她的丈夫不在王国时，菲利帕曾于1346年参与摄政。她经常陪同爱德华国王前往苏格兰、法国和法兰德斯。菲利帕因为她的善良和同情心而受到英国民众的极大欢迎，这一点在1347年她成功说服爱德华国王挽救加莱城堡居民的生命时得到了印证。在爱德华长期统治期间，受欢迎的菲利帕在一定程度上也维持了英格兰的和平。她13个孩子中最年长的是爱德华，即黑王子，后来成为著名的军事首领。菲利帕因患有与水肿相关的疾病而去世，享年56岁。牛津大学的女王学院就是为了纪念她而成立的。

9. 亨利四世（1367年4月15日—1413年3月20日），爱德华三世之孙、兰开斯特公爵约翰·冈特的长子。因为出生在博林布鲁克，因此他也被称为亨利·博林布鲁克，他是英格兰兰开斯特王朝第一位国王（1399—1413年在位）。

10. 克拉伦斯的菲利帕（1355年8月16日—1382年1

月 5 日)，是阿尔斯特（原为爱尔兰一地区）伯爵夫人。她于 1355 年 8 月 16 日出生在肯特郡的埃尔特姆宫，是第一任克拉伦斯公爵安特卫普的莱昂内尔与阿尔斯特第四任伯爵夫人伊丽莎·白德伯格的独生子。

11. 罗杰·莫蒂默（1374 年 4 月 11 日— 1398 年 7 月 20 日)，第四位马尔歇伯爵，他是一位英国贵族，他被认为是他的堂兄理查德二世的继承人。罗杰·莫蒂默的父亲，也就是马奇的第三位伯爵于 1381 年去世，留下了六岁的罗杰继承他父亲的头衔。罗杰小时候一直受到肯特第二任伯爵托马斯·霍兰德的监护，并最终与荷兰之女艾莉安娜结婚。在他的一生中，莫蒂默在爱尔兰度过了很多时光；他担任过几任爱尔兰总督，但在爱尔兰卡洛郡的一次战斗中去世。他的小儿子艾德蒙·莫蒂默继承了他的爵位，成为马奇的第五任伯爵。

12. 亨利五世（1386 年 9 月 16 日— 1422 年 8 月 31 日)，名亨利· 兰开斯特，也被称为蒙茅斯的亨利，为亨利四世之子，英格兰兰开斯特王朝第二位国王（1413 年— 1422 年在位)。他是继爱德华三世之后第二位对百年战争做出了巨大贡献的君主。尽管其统治时期相对较短，但亨利五世在对抗法国的百年战争中取得了出色的军事成就，尤其是在 1415 年的阿金库尔战役中取得了辉煌胜利，使得英格兰成为当时欧洲最强大的军事力量之一。因此他也被称为中世纪英格兰伟大的“勇士之王”。

13. 亨利六世（1421 年 12 月 6 日— 1471 年 5 月 21

日），于1422年至1461年成为英格兰国王，并于1470年至1471年再次成为英格兰国王，并于1422年至1453年成为一个富有争议的法国国王。作为亨利五世的独生子，亨利六世在他的父亲去世的九个月后继承了英格兰王位。不久之后，在他的外祖父查尔斯六世去世后，又继承了法国王位。

14. 沃里克伯爵，又名理查德·内维尔（1428年11月22日—1471年4月14日），第16任沃里克伯爵，也被称为“造王者沃里克”，是一位英国贵族，行政长官和军事指挥官。“玫瑰战争”中的领导人物之一，最初是站在约克家族一边，但后来又倒向兰开斯特家族一边，因为他在废黜两位国王中发挥了重要的作用，因此人们赋予他“造王者”的称号。

15. 艾克赛特公爵托马斯·博福特（约1377年1月—1426年12月31日），在百年战争期间担任英国军事指挥官，并一度临时担任过英格兰长官。他是兰开斯特公爵约翰·冈特和他的情妇凯瑟琳·斯温福德生养的四个孩子中的第三个。他迎娶了霍恩比的托马斯·内维尔爵士的女儿玛格丽特·内维尔，并生了一个儿子，名叫亨利·博福特。然而这个孩子很早就夭折了。

16. 约翰·贝德福德公爵（1389年6月20日—1435年9月14日），兰开斯特的约翰·贝德福德第一任公爵，是中世纪的英国王子、将军和政治家，在百年战争的关键时期指挥英国在法国的军队。贝德福德是英格兰国王亨利四世的第三个儿子，亨利五世的兄弟，他还为自己的侄子亨利六世担任过法国摄政王。尽管他有军事和政治才能，但法国的局势在他去世时已经严重恶化。

17. 汉弗莱·格罗斯特伯爵（1390 年 10 月 3 日—1447 年 2 月 23 日），他是英国王子、士兵，同时也是一名文学赞助者。他是英格兰国王亨利四世的第四个也是最小的儿子，同时也是亨利五世的兄弟和亨利六世的叔叔。他的妻子是埃诺伯爵威廉四世之女雅克莲，于是从她那又继承了霍兰、泽兰和埃诺伯爵的爵位。1436 年雅克莲去世，其后于 1441 年他又继娶埃利诺· 科布汉为妻。作为一个富有争议的人物，他的性格特点是鲁莽、无德且脾气暴躁，但也因他率先支持英国的人文主义者而闻名，被人们称为“好公爵汉弗莱”。

18. 亨利·蒲福（约 1375 年— 1447 年 4 月 11 日），温彻斯特主教，是英国高级主教和政治家，曾任林肯主教（1398 年），温彻斯特主教（1404 年），并于 1426 年起担任罗马教堂的红衣主教。他曾三次担任大法官，并在英国政治中发挥了重要作用。他也是金雀花王朝的一个成员。

19. 那不勒斯王国勒内一世（1409 年 1 月 16 日— 1480 年 7 月 10 日），别称“安茹的勒内”，“好人勒内”。他拥有巴尔公爵、安茹公爵、普罗斯旺和皮埃蒙特伯爵称号，1435 —1442 年为那不勒斯王国名义上的国王，1431 —1453 年为洛林公爵。

20. 伊莎贝拉（1400 年— 1453 年 2 月 28 日），从 1431

年1月25日起直至其去世一直为洛林女伯爵。因其夫是那不勒斯王国的国王，因此她也是那不勒斯王后。1435年至1438年间，她的丈夫被囚禁在勃艮第，在此期间，作为摄政王，她负责统治那不勒斯王国与她丈夫在法国的领地。

21. 洛林公爵查尔斯（1365年9月11日—1431年1月25日），他是洛林公爵约翰一世的长子，从1390年起直至其去世一直为洛林公爵，在1418年至1425年间他还是法国的治安官。

22. 沃代蒙的安东尼（约1400年—1458年3月22日），从1418年到1458年，他是瓦德蒙特和乔伊维尔的伯爵。在1452—1458年间，他还是哈考特伯爵、奥曼伯爵和埃尔贝夫男爵。

23. 勃艮第公爵（1396年7月31日—1467年6月15日），也被称为“菲利普三世”“好人菲利普”，从1419年起直至去世一直为勃艮第公爵。他的母亲是巴伐利亚公主玛格丽特。在其父亲于1419年与阿马尼亚克派谈判时遇刺后，菲利普三世接管了勃艮第公国。在他统治勃艮第公国时期，勃艮第公国达到了繁荣鼎盛时期，并且闻名遐迩，成为当时的艺术中心。

24. 约兰特（1428年11月2日—1483年3月23日），为洛林女公爵（1473）与巴尔女公爵（1480）。她是洛林女公爵伊莎贝拉与安茹的勒内王的女儿。尽管名义上她掌管众多领地，但她终将自己的权力与头衔交给了自己的丈夫与儿子。此外，她也是英格兰女王安茹的玛格丽特的姐姐。

25. 弗雷德里克（约 1428 年— 1470 年 8 月 31 日），1458 — 1470 年间为沃代蒙伯爵、茹安维尔之领主。他是沃代蒙伯爵、茹安维尔之领主洛林安东尼与女伯爵哈考特·玛丽之子。因与洛林公爵的关系，他有时也被称为弗雷德里克五世。

26. 那不勒斯的路易斯三世（1403 年 9 月 25 日—1434 年 11 月 12 日），他是安茹的路易二世与阿拉贡的约兰德的长子及继承人，勒内的兄长。1417 年—1426 年间为那不勒斯王国的名义上的国王，1417 年—1434 年间身为普罗旺斯伯爵，福卡尔基耶、皮埃蒙特、缅因和安茹公爵，1426 年至 1434 年为卡拉布里亚公爵。

27. 安茹的路易斯（1427 年 10 月 16 日—1444 年 10 月 16 日），从 1441 年到 1443 年是蓬塔穆松的侯爵。他父亲在他之前继承了这个头衔。他是安茹的勒内王和他的第一任妻子伊莎贝拉的第三个儿子。1432 年 4 月，作为人质，他和他的哥哥约翰被交给了勃艮第人，作为交换，他们释放了被俘虏的父亲勒内。后来约翰被释放出来，但路易斯没有获释，他 16 岁时因肺炎死在了监狱里。死后他被安葬在位于蓬塔穆松的圣安东尼教堂里。

28. 第一任萨福克公爵（1396 年 10 月 16 日— 1450 年 5 月 2 日），又名威廉·德·拉·波尔，绰号“傲慢的家伙”，在百年战争期间是英国的一位权贵、政治家及军事指挥官。他是软弱的英格兰国王亨利六世的宠儿，因而成为英国政府的领导人物。

29. 查尔斯七世（1403 年 2 月 22 日— 1461 年 7 月 22 日），又被称为“胜利者查尔斯”“忠于职守的查尔斯”，法国瓦卢瓦王朝国王（1422 — 1461 年在位）。他被普遍认为是一个胆小、懦弱又愚蠢的人，他出卖了圣女贞德，背弃了朋友雅克 · 科尔，但他最后打赢了百年战争，为法国在接下来几个世纪的强盛奠定了基础。

30. 萨福克公爵夫人（约 1404 — 1475 年），又名爱丽丝 · 乔叟，是英国诗人杰弗里 · 乔叟的孙女。她结过三次婚，最终被授予嘉德勋章（英国的最高勋章），这一荣誉很少给予女性，这也标志着她和她的第三任丈夫萨福克公爵与亨利六世及其妻子安茹的玛格丽特之间的友谊。

31. 安妮 · 内维尔（1456 年 6 月 11 日— 1485 年 3 月 16 日），英国女王，“造王者”理查德 · 内维尔之女。在她还是威斯敏斯特的爱德华的妻子时，她成为威尔士王妃，后来在她的丈夫死后，又改嫁成了理查德三世的妻子，因而最终成为英国女王。

32. 萨默塞特公爵（1436 年 1 月 26 日— 1464 年 5 月 15 日），全名亨利 · 博福特，萨默塞特第三任公爵，是英国玫瑰战争期间兰开斯特的一位重要军事指挥官。他有时被列为萨默塞特第二公爵，因为这个头衔是在他叔叔去世后为他父亲重新设立的。他还拥有萨默塞特第五伯爵、多塞特第二侯爵和多塞特第二伯爵的附属头衔。

33. 安妮 · 德 · 莫蒂默（1390 年 12 月 27 日— 1411 年 9 月 22 日），莱昂内尔的孙女，剑桥女伯爵。她的丈夫是第三任剑桥伯爵康尼斯堡的理查，同时她也是第三任约克公爵约克·理查德的母亲，以及国王爱德华四世和理查德三世的祖母。

34. 康尼斯堡的理查（约1385年7月—1415年8月5日），第三任剑桥伯爵，是第一任约克公爵兰利的艾德蒙和卡斯蒂莱的伊莎贝拉的第二个儿子。他因参与针对亨利五世国王的“南安普敦密谋”而被斩首。他是第三任约克公爵理查·金雀花的父亲，同时也是国王爱德华四世和理查德三世的祖父。

35. 查尔斯·金雀花（1411年9月21日—1460年12月30日），是第三任剑桥伯爵康尼斯堡的理查的儿子。后来继承了伯父约克公爵的爵位，他的母系是爱德华三世的第二个儿子，因此他自称比爱德华三世的第三个儿子的后裔亨利六世更具有王位继承权。他的这种企图引发了玫瑰战争。查尔斯·金雀花早年为亨利效力，1436—1437年和1440—1445年任法国和诺曼底总督，此时他成为控制亨利政府的博福特家族的敌人。1447年格罗斯特公爵汉弗莱死后，查尔斯·金雀花自称应成为王位继承人。但是，强大的博福斯家族把他派往爱尔兰任总督。1450年他回到英格兰，带头反对新任首席大臣萨默塞特公爵，1453年亨利六世国王精神失常，雄心勃勃的王后安茹的玛格丽特在萨默塞特公爵的支持下要求摄政。但是她的统治不得人心，1454年3月议会指派约克公爵摄政。玛格丽特对约克又恨又怕，因为他是潜在的王位竞争者，而她则希望当时还很小的儿子获得王位。1454 年亨利六世恢复健康后，她就劝丈夫辞退约克，启用萨默塞特掌权，约克立即起兵。1455 年 5 月 22 日，他的军队在圣奥斯本战役中杀死萨默塞特。他控制了政府，直到 1456 年 10 月玛格丽特再次占据上风。1459 年末，双方重新开战，1460 年 7 月，约克的得力副手沃里克伯爵内维尔在北安普敦击败了兰开斯特家族，并俘获国王。后来双方妥协，承认亨利终生为国王，亨利死后则由约克继承王位。但是，并不甘心的玛格丽特在英格兰北部重新发动一场战争，查尔斯在威克菲尔德附近的城堡遭到袭击身亡，脑袋被割下悬在城门上，并扣上纸糊的王冠。

36. 爱德华四世（1442 年 4 月 28 日— 1483 年 4 月 9 日），1461 年 3 月 4 日—1470 年 10 月 3 日第一次任英格兰国王，1471 年 4 月 11 日又复位直至 1483 年去世。他是英格兰第一个约克王朝的国王。他统治的前期由于玫瑰战争所带来的暴乱而极其不稳定，于 1471 年，他战胜了兰开斯特人对图克斯伯里王位的挑战，其后统治直到他猝死前一直处于稳定状态。在成为国王之前，他是约克公爵、马奇伯爵、剑桥伯爵和阿尔斯特伯爵。

37. 威尔士亲王，即威斯敏斯特的爱德华（1453 年 10 月 13 日— 1471 年 5 月 4 日），也被称为兰开斯特的爱德华，是英格兰国王亨利六世和安茹的玛格丽特唯一的儿子。他在特克斯伯里战役中阵亡，这使他成为英格兰唯一一位在战斗中死去的王位继承人。

38. 约翰 · 肯普（约 1380 — 1454 年 3 月 22 日），是中

世纪的英格兰红衣主教、坎特伯雷大主教和英格兰大法官。

39. 诺福克伯爵（1415 年 9 月 12 日— 1461 年 11 月 6 日），原名约翰·莫布雷，诺福克公爵三世，英国纹章院院长，是十五世纪英格兰的大人物。尽管政治生涯相对短暂，但在玫瑰战争早期发挥了重要作用。莫布雷出生于 1415 年，是诺福克公爵二世约翰·德·莫布雷和凯瑟琳·内维尔的独生子与继承人。他父亲于 1432 年去世后，他继承了他父亲的头衔。在未成年时，他由国王亨利六世监护，并受到汉弗莱（格罗斯特公爵）的保护，之后莫布雷在法国与他并肩作战。他年轻的时候似乎桀骜不驯、十分叛逆。尽管他的不当行为细节不明，但这些行为严重到足以让国王对他严加管束，并将他与他的追随者强制分开。莫布雷早期的生涯是在军队度过的，在那里他担任过战时英格兰纹章院院长一职。后来，在百年战争期间，他在诺曼底领导了对英格兰财产的捍卫。

40. 奥德利勋爵（约 1398 年— 1459 年 9 月 23 日），原名詹姆斯·图切特，第五任奥德利男爵，第二任图切特男爵，为英格兰贵族。他是第四任奥德利男爵约翰·图切特和伊丽莎白的儿子，也是百年战争杰出老兵。

41. 托马斯·布尔歇尔（约 1404 年— 1486 年 3 月 30 日），是中世纪英格兰红衣主教、坎特伯雷大主教和英国大法官。

42. 约翰·克里福德（1435 年 4 月 8 日— 1461 年 3 月 28 日），第九任克里福德男爵，第九任斯基普顿勋爵，在英格兰的玫瑰战争期间是兰开斯特的军事首领。克里福德家族是 15 世纪英格兰北方贵族中最显赫的家族之一。他的父亲在玫瑰战争中的第一场战役，即 1455 年的圣奥尔本斯战役中被约克家族的游击队员杀害，那时他 20 岁。有可能是因为他父亲的去世，使得克里福德成了安茹的玛格丽特王后、亨利六世妻子的最有力的支持者之一，后者最终成为了兰开斯特派中具有影响力的首领。

43. 拉特兰伯爵艾德蒙（1443 年 5 月 17 日—1460 年 12 月 30 日），是约克公爵三世理查德·金塔赫内和塞西莉·内维尔的第五个孩子，也是他们幸存下来的第二个儿子。他出生在鲁昂，鲁昂当时是英格兰占领下的法国的首都，其父亲担任法国中尉。17 岁时，他在玫瑰战争中的韦克菲尔德战役中或战争结束后不久被杀。

44. 路易十一（1423 年 7 月 3 日—1483 年 8 月 30 日），玛格丽特的表兄，瓦卢瓦家族第六任国王，他继承了父亲查尔斯七世的王位。他于 1461 年至 1483 年间担任法国国王。

45. 玛丽王后（1404 年 10 月 14 日—1463 年 11 月 29 日），法国国王路易十一的母亲，于 1422 年至 1461 年间作为国王查尔斯七世的妻子任法国王后。在国王缺席期间，她担任摄政王并多次主持州议会。

46. 弗朗西斯二世（1433 年 6 月 23 日—1488 年 9 月 9 日），布列塔尼公爵，从 1458 年到去世一直任布列塔尼公爵。他是布列塔尼公爵约翰四世的孙子。在弗朗西斯一生中，一个反复出现的主题是寻求保持布列塔尼从法国独立出来的准独立地位。因此，他统治时期的特点是与法国国王路易十一及其女儿安妮之间冲突不断。

47. 皮埃尔·德·布雷泽（约1410年—1465年7月16日），一位为查尔斯七世国王服务的法国士兵和朝臣。后来他在法国的蒙特利战役中阵亡。

48. 沃里克第16任伯爵夫人（1426年7月13日—1492年9月20日），又名安妮·比彻姆，她是沃里克第13任伯爵理查德·比彻姆和他的第二任妻子伊莎贝尔·勒·德斯潘塞的女儿，其母亲是托马斯·勒·德斯潘塞和约克康斯坦斯的女儿。安妮·比彻姆也是英格兰王后、理查三世国王的妻子安妮·内维尔的母亲。

49. 威廉·斯坦利爵士（约1435年—1495年2月16日），一名英国士兵，也是德比郡第一任伯爵托马斯·斯坦利的弟弟。在玫瑰战争中，威廉·斯坦利和他的军队参与过几次战斗。

图书在版编目（CIP）数据

传奇王后：安茹的玛格丽特／（美）雅各布·艾博特（Jacob Abbott）著；王满良译．—西安：陕西人民出版社，2020.10
ISBN 978－7－224－13243－4

Ⅰ．①传…　Ⅱ．①雅…　②王　Ⅲ．①纪实文学—美国—现代　Ⅳ．①I712.55

中国版本图书馆 CIP 数据核字（2020）第 129007 号

总 策 划： 宋亚萍
出版统筹： 关　宁　韩　琳
策划编辑： 王　凌　王　倩
责任编辑： 张启阳
封面设计： 侣哲峰

传奇王后——安茹的玛格丽特

作　　者　［美］雅各布·艾博特
译　　者　王满良
出版发行　陕西新华出版传媒集团　陕西人民出版社
（西安北大街 147 号　邮编:710003）
印　　刷　西安市建明工贸有限责任公司
开　　本　787 毫米×1092 毫米　32 开
印　　张　6.875
字　　数　125 千字
版　　次　2020 年 10 月第 1 版　2020 年 10 月第 1 次印刷
书　　号　ISBN　978－7－224－13243－4
定　　价　39.80 元

如有印装质量问题，请与本社联系调换。电话:029－87205094